蔡忠道 主編

大學國文

探索‧跨域

蘇子敬、康世昌、陳靜琪、周西波、馮曉庭
陳政彥、楊徵祥、郭娟玉、曾金承、林宏達
周盈秀、許尤娜、鄭月梅 ◎編

五南圖書出版公司 印行

序

大學國文，承載許多使命與期待，卻模糊了焦點課程，因而受到許多非議；然而，批評者常以學生語文不佳究責國文教學，可見其肯定閱讀、寫作的重要性，只是覺得語文教育成效不彰。

近幾年，個人有幸參與了臺灣高教現場的國文教學革新，歷時超過十年，超過三十所大學、數百位教師投入，影響學生數超過數十萬人。整個計畫堅守語文學習的核心——閱讀與寫作，在此基礎上，進而透過生命書寫、閱讀、對話，在教學現場傳達關懷，落實深入文意，體貼情感，讓閱讀貼近生命，書寫連結經驗，成功翻轉教學現場。

嘉義大學有幸參與，專兼任授課教師投入其中，經歷了從閱讀寫作B類計畫，累積經驗，進而開展出全校型的A類計畫，再接續跨領域敘事計畫，前後超過十年，從教材編選、教法創新帶動課堂的翻轉，在課堂中，我們看到一顆顆純潔而細膩的心，老師與TA以謙卑的態度，寶愛這樣的靈魂，一起成長。

變化持續，進步不停。今年，我們因應學生的需求，對教材做了較大幅度的修訂。包括新增單元——跨域視野，還有單元順序調整、超過十篇選文的抽換，期待更貼近學生的生命與經驗，讓學生更深廣學習中文的閱讀與寫作。

大學國文課程能不斷精進，中文系的專兼任老師與全體同學，一起參與、成就這樣的教學革新。雖然沒有充裕的經費，老師們仍充滿熱情的授課傳道、修訂教材，迎向新的挑戰，創造新的可能。感謝高教深耕對大學國文持續支持，我們會再加油，持續往前走。

蔡忠道

二〇二四年四月十五日

目錄

一、大學探索

引論

許尤娜

青春正起飛的大學新鮮人，你是否載欣載奔踏上「大學」之道？是否蓄勢待發寄身精神的貴族、匯入現代知識份子法流？

一天只有二十一小時，剩下三小時，是用來沈思的。——傅斯年

作為大學生，探索即莊嚴。漢娜・鄂蘭《平庸之惡》：獨立思考乃人類基本尊嚴。

那麼，沈思什麼？

「大學探索」精選四文。《禮記・學記》揭櫫了「善學者，師逸而功倍，又從而庸之。」我們將沈思「進學之道」的真實內涵；學習的價值、方法及次第；乃至如何對自己的學習全然負責。藉由張忠謀〈哈佛大學的一年〉十八歲的探索，我們沈思：如何在興奮、刺激中仰望典範沈穩跨域；如何在節制、紀律中孵育夢想悠遊學術；如何以人文藝術豐盈智慧和心靈；如何為自己料理一款終身受用不盡「可帶走的盛宴」（A Moveable Feast）。

接著，讀〈「牛華」與香港〉探尋另一款人格典範。跟隨多元文化身分作家馬家輝，觀察一個公眾人物的精神品格，如何有力注解「君子之德，風；小人之德，草。草上之風，必

偃。」「劉華」，「牛華」也，農牛、耕田、毅力、勤勉，構鏤出集體「香港良心」，亦復召喚每一求知若渴．虛心若愚的璀璨靈魂。

於是，我們終於回過頭來，一如「向死而生」，沈思「生命果真是長期而持續的累積」嗎？如若成立，那麼，我們能夠付出多少時日、願意投入幾多工夫？更重要的是，何時？我們啟程？我們，有真正「活著」嗎？

此皆進學之道也。——《禮記．學記》

那麼，讓我們執持「貢獻這所大學于宇宙的精神。」Stay hungry. Stay foolish. 時時，思索自己行進何等「大學」之道；常常，願景一己立身何處「宇宙」方位。因為，

凡祈求的，就得著；尋找的，就尋見；叩門的，就給他開門。——《聖經．馬太福音》

衷心祝願諸位嘉賓：善學、進學、博學、飽學。得著；尋見；行深生命學問。

學記

《禮記》❶

選文

發慮憲❷，求善良❸，足以謏聞❹，不足以動眾❺。就賢體遠，足以動眾，未足以化民❻。君子如欲化民成俗，其必由學乎❼！

❶本課選自鄭玄注，陸德明音義：《禮記鄭注》，宋紹熙建安余氏萬卷堂校刊本（臺北：學海出版社，民國七十年九月再版），頁463-473。

❷發，啓也，指做一切事情或推行政策。慮，思慮，指思慮完備、計畫周詳。憲，法，指按規矩、守法令。

❸求善良，向賢良請益，請求賢良共同謀劃推行。

❹謏，音ㄒㄧㄠˇ，音義同「小」。聞，音ㄨㄣˋ，聲聞。謏聞，指小有名聲。

❺動眾，感動群眾、策動群眾。此四句謂：在上位者做任何事，都能思慮周詳，遵守國家的法令規範，並且請求賢良共同協助推行。如此僅能獲得小小的名聲，不能感動群眾，使其效命。

❻就，親近，謂躬下之。體，恤也。遠，有兩層意義，一指疏遠，非核心人物之謂，一指偏遠，遠離中央窮鄉僻壤之謂；皆指弱勢群體。此三句謂：親近禮遇賢達，體恤關懷弱勢，能藉此感動群眾，尚不能教化百姓。

❼此二句謂：在上位的君子，如果想要教化全國人民，養成良好風俗，必定要從教育著手吧。

玉不琢不成器，人不學不知道❽。是故古之王者❾，建國君民，教學爲先❿。〈兌命〉⓫曰：「念終始典于學⓬。」其此之謂乎⓭！

雖有嘉肴，弗食不知其旨也；雖有至道，弗學不知其善也⓮。是故學然後知不足，教然後知困。知不足，然後能自反⓯也。知困，然後能自強⓰也。故曰：「教學相長也。」〈兌命〉曰：「學⓱學半。」其此之謂乎！

古之教者，家有塾⓲，黨有庠⓳，術有序⓴，國有學㉑。比年入學，中年考

❽此二句謂：玉石不經雕琢，不能成為有用的器具；人不經過學習，不明瞭處事的道理。

❾王，音ㄨㄤˋ，當動詞，王者，謂統治者。

❿君，當動詞，治理。三句謂：因此古代的人君，建立國家，治理百姓，總是先從教育著手。

⓫兌，音ㄩㄝˋ，指傅說。今《尚書》有〈說命〉上中下三篇，內容記傳說告訴殷高宗為政之道。

⓬典，常也。此句謂，人無論身處何地，意念自始至終常在於學習，換句話說，就是做任何事無論成敗，都要記取經驗，心懷學習的態度。

⓭其，指引文之理。此，指前文之理。此句謂：引文所說就是這個道理吧！

⓮嘉肴，即佳餚，美食也。至道，真理。此四句以美食為喻，謂美食、真理，如果不去親身品嚐體驗，無法領會其美善。

⓯自反：自我反省。

⓰自強：強，讀上聲，意謂自我勉強。

⓱學，音ㄒㄧㄠˋ，教也。整句謂教導別人自己可以獲益一半。

⓲家有塾：古代二十五家為閭，同在一巷，巷首有門，門側有塾，童蒙讀書識字於此。

⓳黨有庠：五百家為黨，黨所設學校為庠，為私塾之進階。

⓴術有序：一萬二千五百家為術（鄭玄舉《周禮》為

校㉒。一年視離經辨志㉓，三年視敬業樂羣㉔，五年視博習親師㉕，七年視論學取友㉖，謂之「小成」㉗。九年知類通達，強立而不反，謂之「大成」㉘。夫然後足以化民易俗，近者說服，而遠者懷之㉙。此大學之道也。《記》曰：「蛾子時術之㉚。」其此之謂乎！

證，以為「術」字當為「遂」字之誤），術設序，又為庠之進階。

㉑國有學：國，國都。學，大學。大學為全國最高學府，除供給住在都城的貴冑子弟之外，也收納各地晉升優選之學子。

㉒以下論國都中大學制度。比年入學，每年皆有學生入學。中年考校，每間隔一年，考查稽核學生的學習成果。

㉓一年，謂經過一年，每年入學，隔年考校，以下言三、五、七、九年皆意謂經過此年數。視，考查。離經，解析經義。辨志，確立志向。

㉔敬業，用心於學業。樂群，樂於群體生活。

㉕博習，廣泛學習。親師，敬愛師長。

㉖論學，研究學問。取友，選擇朋友。

㉗小成，小有成就。

㉘知類通達，知道事理可以類推，通達事理。謂能觸類旁通，不拘泥於條文。強立而不反，謂自己有主見，並且不違背師道。大成，言大有成就。

㉙經過如此的教養，能教化百姓，改善風俗。說，音ㄩㄝˋ，同悅。說服，心悅誠服。懷之，感念德政而心嚮往之。

㉚《記》，古籍，舊記，書不傳。蛾，音ㄧˇ，螞蟻。蛾子，小螞蟻。術，學習。此句謂：螞蟻雖小仍能經常學習，銜土搬運，以成小垤。更何況是人，如能循序漸進，不半途而廢，必能成就大道。

大學始教，皮弁祭菜，示敬道也㉛。〈宵雅〉肄三，官其始也㉜。入學鼓篋，孫其業也㉝。夏、楚二物，收其威也㉞。未卜禘，不視學，游其志也㉟。時觀而弗語，存其心也㊱。幼者聽而弗問，學不躐等也㊲。此七者，教之大倫也㊳。《記》曰：「凡學，官先事，士先志㊴。」其此之謂乎！

㉛大學始教，謂大學開學之日。皮弁，學生都要頭戴白鹿皮做的帽子。祭菜，準備祭祀用的蘋、藻一類水草。開學之日，頭戴禮冠，備妥祭菜，以禮拜先聖先師，表示對道統的尊敬。

㉜宵雅，《詩經．小雅》。肄三，學習前三篇。《詩經》今存，即〈小雅〉之〈鹿鳴〉、〈四牡〉、〈皇皇者華〉三篇。這些都是歌頌君臣互動和諧、相處融洽的作品，先習此三章，目的在勉學子始志為官，為民服務。

㉝鼓，擊鼓。篋，發篋。二字都當動詞。孫，音ㄒㄩㄣˋ，謙遜。上課擊鼓以鳩集學生，就座打開箱子拿書出來，這些要求目的在讓學生用謙遜的態度面對學業。

㉞夏，音ㄐㄧㄚˇ，字或做檟、榎，小葉槐木。楚，叢生之矮木為楚，常為居家籬笆，枝條細，易取得。二者古時常取之製作體罰學生的戒尺。此處即指戒尺，意思與臺灣早期的藤條相仿。威，指威儀，言行舉止。夏楚二物可以使學生的言行舉止收斂。

㉟禘，夏天祭祀的名稱。由於確定日期要卜筮，故名卜禘。未舉行卜禘祭祀，不考查學生的學習成果，目的是希望能給學生更多時間澄靜心志，咀嚼揣摩。

㊱此二句謂：時時觀察學生的學習狀況，但不屢次叮嚀提醒，目的是要讓學生自己思考自己解決問題，那麼學生對問題就會常存於心。

㊲躐，音ㄌㄧㄝˋ，逾越。躐等，逾越等級。二句謂：年齡較小的同學，只要多聽多記，不宜凡事必問，因為學習要按部就班，不可逾越等級。

㊳倫：條理、規範。

大學之教也，時教必有正業，退息必有居學[40]。不學操縵，不能安弦[41]。不學博依，不能安詩[42]。不學雜服，不能安禮[43]。不興其藝，不能樂學[44]。故君子之於學也，藏焉，脩焉，息焉，遊焉[45]。夫然，故安其學而親其師，樂其友而信其道[46]。是以雖離師輔而不反也[47]。〈兌命〉曰：「敬孫務時敏[48]，

[39] 凡學為官，先學官員基本辦事方法，學當知識份子，就要先立志。舉此為例，意在說明「事」與「志」為「官」與「士」之先修，而上述七條，乃大學教學之基礎。

[40] 時教，按時教導。正業，正課。居學，居家作業。此三句謂：大學的教學方法，定時上學有正課，放學休息，有家庭作業。

[41] 操縵，隨意撥弄琴弦。此謂居家學習時如不能無拘無束的隨意彈琴，將不能安然自在的學琴。

[42] 博依，廣泛的對周遭事物的譬喻與形容。此謂居家學習時如不能對生活周遭事物的廣泛譬喻，就無法安然自在的學《詩經》。

[43] 雜服，各種場合所穿的禮服。如果居家時不按場合穿著各種禮服，將不能安然自在學禮。

[44] 課堂所學的理論規範，必須有相應對的生活應用技藝，倘若學生不能喜歡那些技藝，就無法真正樂於課堂所學。

[45] 藏，沉潛，埋首。脩，反覆練習。息，休息。游，遊玩。此，於此，謂學習也。此謂君子面對學習的時候，總是埋首於此，反覆練習，即使是閒暇休息、遊玩的時候，也不忘懷著學習的精神。

[46] 此二句謂：只有這樣，才能自在學習，敬愛師長，樂於與朋友交往，並且堅信老師所傳授的道理。

[47] 師輔，老師同學。不反，不違背。此句謂：信仰堅定，即使畢業了，離開共同勉勵的老師同學，也不會違背過去大家的約定。

[48] 敬，敬重學業。孫，同遜，謙遜，謂虛心學習。務，務必。時，及時。敏，努力奮勉於學。

厥脩乃來[49]。」其此之謂乎！

今之教者，呻其占畢[50]，多其訊言[51]，及于數進[52]，而不顧其安[53]。使人不由其誠，教人不盡其材[54]。其施之也悖，其求之也佛[55]。夫然，故隱其學而疾其師，苦其難而不知其益也[56]。雖終其業，其去之必速[57]。教之不刑，其此之由乎[58]！

[49] 厥，其，指稱學習之人。此句謂：他修習的課業才能有所成就。

[50] 呻，吟誦。占，音ㄓㄢ，「占畢」即「笘篳」，指簡策、書本。此謂：只是誦讀書本，照本宣科。

[51] 訊，告。此句謂：不待學生提問，反覆申說書中之理。

[52] 及，汲汲。數，速。謂汲汲於學生之快速進步。

[53] 安，安然自在，此「安」字用法含意正與前文「安弦」「安詩」「安禮」相呼應。不顧其安，則學生不能自在，不能自在，則所學不固。

[54] 主詞省略，指前文「今之教者」。人、其，指學生。謂令學生誦讀書本，又反覆申說，未能使學生真心了解；如此未能因材施教，難以彰顯學生的潛能。材，指學生之材質潛能。

[55] 上「其」字指老師，下「其」字指學生。悖，音ㄅㄟˋ，違反常理。佛，音ㄈㄨˊ，同拂，違逆事理。謂老師教導學生的方法與態度如果違反常理，那麼學生反過來要求老師也同樣會違逆事理。

[56] 隱，憂也。疾，怨恨。三句謂：就因為老師這樣，所以學生擔憂業無所成，反過來怨恨老師，覺得讀書很困難，感到痛苦，不知道為學的好處。

[57] 此謂雖然學生畢了業，也很快把所學忘記。

[58] 刑，成功。此謂教育之所以不能成功，就是因為這個緣故吧。

大學之法，禁於未發之謂豫[59]，當其可之謂時[60]，不陵節而施之謂孫[61]，相觀而善之謂摩[62]。此四者，教之所由興也[63]。

發然後禁，則扞格而不勝[64]。時過然後學，則勤苦而難成。雜施而不孫，則壞亂而不脩[65]。獨學而無友，則孤陋而寡聞[66]。燕朋逆其師，燕辟廢其學[67]。此六者，教之所由廢也[68]。

---

59 豫，同預，預防。在事情還沒發生之前，先給予明令禁止，這叫「預防法」。

60 當，有針對意。謂針對學生適合接受教育的時機，給予教導，這叫「及時法」。

61 陵節，逾越等級。孫，音ㄒㄩㄣˋ，順，順適其性。謂不超越學生的程度，給予適性教學，這叫「適性法」。

62 同學之間相互觀摩，學習別人的優點，這叫「觀摩法」。

63 興，盛，成功。謂掌握以上四種方法，是導致教育成功的原因。

64 扞，音ㄏㄢˋ，抗拒；格，堅不可入貌。勝，音ㄕㄥ，克服。謂如果事先沒有明令禁止，事發之後，學生已經養成不良習性了，再予以禁止，他們就會堅決抗拒，學校將難以解決學生的不良習性。

65 謂教材深淺雜亂，不順著學生的心智發展給予適性的教學內容，那麼學習所得將支離破碎，終究導致學無所成。

66 謂獨自一人學習，沒有同學相互切磋，那將導致學識偏頗、鄙陋而且淺薄。

67 燕，耽也，謂沉溺其中。燕朋，指終日與朋友膩在一起。燕辟，指沉湎於不良習性。

68 廢，敗壞，失敗。謂發生以上六種狀況，是導致教育失敗的原因。前四種正好與前段成功的原因相對。失敗多兩種，與學生個人私下生活息息相關，這也是身為老師所容易忽略的。

君子既知教之所由興，又知教之所由廢，然後可以爲人師也。故君子之教喻也，道而弗牽，強而弗抑，開而弗達[69]。道而弗牽則和，強而弗抑則易，開而弗達則思[70]。和易以思，可謂善喻矣[71]。

學者有四失，教者必知之。人之學也，或失則多，或失則寡，或失則易，或失則止[72]。此四者，心之莫同也。知其心，然後能救其失也。教也者，長善而救其失者也[73]。

善歌者使人繼其聲，善教者使人繼其志[74]。其言也約而達，微而臧，罕

[69] 教喻，教學勸導。道，音ㄉㄠˇ，同導。此謂君子教學之法，採用引導的方法而不要逼迫，採用鼓勵（他的優點）的方法而不要抑制（他的缺失），採用啓發的方法而不要事事告知。

[70] 和，親和，謂師生相處和諧。易，謂學生學習覺得容易。思，謂深入思考，所得益多。

[71] 喻，教導。能做到「師生親和」「學習容易」而且「深入思考」，就稱得上是善於教導了。

[72] 此言學生在學習過程中的個別差異，每個人呈現的缺失不一樣。或，或然之詞，有的人。失，缺失。則，於。多，貪多務博，雜學不精。寡，畫地自限，學識貧乏。易，忽視學問，掉以輕心。止，淺嚐則止，中途而廢。

[73] 長（ㄓㄤˇ）善救失，發揮學生的優點，拯救學生的缺失。

[74] 繼其聲，謂學習他的歌聲技巧。繼其志，謂認同他的理念、達成他的心願。

譬而喻，可謂繼志矣[75]。

君子知至學之難易，而知其美惡，然後能博喻[76]；能博喻然後能爲師；能爲師然後能爲長；能爲長然後能爲君[77]。故師也者，所以學爲君也，是故擇師不可不愼也[78]。《記》曰：「三王、四代唯其師[79]。」此之謂乎！

凡學之道，嚴師爲難[80]。師嚴然後道尊，道尊然後民知敬學[81]。是故君之所不臣於其臣者二：當其爲尸，則弗臣也；當其爲師，則弗臣也[82]。大學之

[75] 約而達，簡要而達意。微而臧，（義理）精微而妥善。罕譬而喻，很少比方就能說明白。「繼志」承前文，指善教之人。

[76] 至學，學生獲得知識。此謂：善教的君子明白學生獲得知識，有些是困難的，有些是容易的。並且知道學生資質有高下的差別。就教材來說，學問有深淺，深者難學，淺者易懂；就學生的資質來說，聰敏者易學，魯鈍者難懂。然後君子才能隨著教材深淺、資質高下進行多方的解說。

[77] 此謂：能進行多方解說的人，然後才能當老師；能當老師的人，才能當領導者；能當領導者，才能當國君。

[78] 此謂：因此，「老師」是我們學習將來成為國君的重要人物，所以選擇老師不可不慎重。

[79] 三王，夏、商、周三代開國之君。四代，指虞、夏、商、周四朝之治民。此謂：虞、夏、商、周四代的君王，治理天下，都特別重視老師的選擇。

[80] 嚴，尊敬。此謂：大凡學生學習的過程，能尊敬老師，最難能可貴。

[81] 此謂：老師獲得在上位者的尊重，然後他所說的學問才能得到推崇；他所說的學問能得到推崇，然後百姓才知道要專心向學。

[82] 尸，祭主。古人祭先祖，奠祭時，不見形像，心無所繫，多半由孫輩替代其形像，供人祭拜，此人就

禮，雖詔於天子，無北面，所以尊師也[83]。

善學者，師逸而功倍，又從而庸之[84]。不善學者，師勤而功半，又從而怨之[85]。善問者如攻堅木，先其易者，後其節目，及其久也，相說以解[86]。不善問者反此。善待問者如撞鐘，叩之以小者則小鳴，叩之以大者則大鳴，待其從容，然後盡其聲[87]。不善答[88]問者反此。此皆進學之道也。

叫「尸」。此謂：國君對於臣民，不把它當屬下來看待的有二種情況，其一，當他是祭主的時候，不把它當屬下來看待；其二，當他是國君的老師的時候，也不把它當屬下來看待。

83 此謂：大學的禮節規定，即使講授的對象是天子，也不讓老師面朝北方講授，這種規定，就是為了尊敬老師。

84 善學者，指善於學習的學生。善不善學，通常與學生的資質、學習態度、生活習性有關。此謂：教到善學的學生，老師安逸而且效果加倍，學生又會因為學有所成而歸功於老師。

85 此謂：教到不善學的學生，老師勤苦而且效果減半，學生又會因為學習失敗而怨恨老師。

86 說，音ㄩㄝˋ，同悅。節，竹節，閩南語亦謂之竹目。目，指樹瘤。二者紋理糾葛錯亂，伐木者皆留到最後處理。此謂：善於發問的學生，如同砍伐一棵質地堅硬的樹木，他會先去除容易處理的枝條，最後再處理紋理糾葛的節與目。等到日子久了，師生之間相處和悅而解決了所有疑問。此處說明提問技巧，應當先淺顯後艱難、先外圍後核心。

87 撞鐘，敲鐘，此似指敲擊編鐘。從容，完整的樂章。此謂：善於回答問題的人，如同演奏編鐘，敲擊小的鐘，聲音回應以高而細小，敲擊大的鐘，聲音回應以低而洪亮。等到樂章完整了，每個聲音聽起來都是完善的。此處說明回答問題的原則，應當針對問題審慎回答，不可問東答西，或問小答大。

記問之學，不足以爲人師，必也其聽語乎[89]。力不能問，然後語之。語之而不知，雖舍之可也[90]。

良冶之子，必學爲裘[91]。良弓之子，必學爲箕[92]。始駕馬者反之，車在馬前[93]。君子察於此三者[94]，可以有志於學矣。

古之學者，比物醜類[95]。鼓無當於五聲，五聲弗得不和[96]。水無當於五

[88]「荅」，今作「答」，答覆。荅問，謂回答問題。

[89]記問之學，背誦問與答，以此為學問授課。聽語（ㄩˋ），聽學生的提問再指導他。此謂：預先背誦問答，以此為學問授課，不夠資格當人家老師，要當人家的老師，就必須先聽學生的問題，再針對問題適切回答。

[90]此謂：假如學生能力無法提出問題，就可以由老師主動講授。如果這樣學生仍然不了解，就先把學生擺在一邊，不去理他，也是可以的。

[91]裘，用獸皮拼湊、裁剪、縫製之外套。閩南語謂外套為「裘」，原指此。此謂：優秀的鑄鐵匠，他的兒子必定先學會縫製裘衣。

[92]箕，畚箕，劈竹成片，彎曲竹片編製，鄉人用以裝土石垃圾。此謂：優秀的製弓師傅，他的兒子必定先學會編製畚箕。

[93]此謂：剛開始訓練新馬駕車的人，會讓新馬跟在馬車後面觀摩。

[94]此三事都在說明：學習艱深的學問或技藝，不可能一天就會，必須從簡單的類似活動先學起，由淺入深，時間久了，自然能通達訣竅。

[95]醜，比。比物醜類，謂取不同的事物相互比較，歸納出相同的類型與作用。

[96]此謂：鼓聲並不能夠展現宮、商、角、徵、羽五種聲調，但是樂團中沒有鼓聲就無法整合節奏（沒有大鼓，聽起來混亂，不和諧）。

色，五色弗得不章[97]。學無當於五官，五官弗得不治[98]。師無當於五服，五服弗得不親[99]。

君子曰：「大德不官[100]，大道不器[101]。大信不約[102]，大時不齊[103]。」察於此四者，可以有志於本矣[104]。三王之祭川也，皆先河而後海[105]，或源也，或委也。此之謂務本[106]。

97 此謂：水並不是青、黃、赤、白、黑五色當中的一色，但繪畫運用五色，沒有水調和就不能彰顯色彩。

98 此謂：讀書並不是針對哪一種官職去學習，但各種官職沒經過讀書學習，就不能勝任。

99 此謂：老師不是我們各種親屬當中的一種，但親屬之間的親情維繫，沒有老師的教導，就不能相親相愛。

100 大德不官，謂偉大的德行，不會侷限於僅能擔任一種官職。

101 大道不器，謂偉大的道理，不會侷限於單一功能與用途。

102 大信不約，謂偉大的信用，不必信誓旦旦的約定。如春、夏、秋、冬四季接踵而來，不約而信。

103 大時不齊，謂偉大的時令，不生殺齊一。四季對萬物各有不同影響，春夏草木生長，秋冬草木止息。

104 有志於本，即有志於學，一切之根本在於學習。上述四者皆為學習之方向與根本。掌握大德、大道、大信、大時之宏觀，就不會偏離方向或瑣碎於枝微末節。

105 此謂：夏、商、周三代國君祭祀河川，都先祭祀河川，再祭祀大海。

106 此謂：河川是源頭，大海是末梢，這就叫做從根本做起。而所謂的根本，就是學習。人自從呱呱墜地，就不斷學習，說話要學習，吃飯要學習，閱讀要學習，寫字要學習。一直到成年就業、婚嫁生子、輾轉流離、落葉歸根，都與學習密切相關。全文文末歸結到學習是人生一輩子的根本，必須勇於面對，積極追求。

作者與賞析

《禮記》，為先秦、兩漢儒者論禮樂制度之雜文，原本單篇散論，或附於《儀禮》之後，做為閱讀禮經的參考。漢朝建立，急於樹立禮儀規範，設學官講論禮學，於是有「《古文記》二百四篇」（劉向《別錄》）、「《記》百三十一篇」（班固《漢書・藝文志》）等書之集結。這些應該就是今傳「禮記」的前身。《禮記》相傳為西漢儒者戴聖所編，共四十九篇，至東漢末鄭玄為之做注，唐孔穎達為作《正義》，清孫希旦作《集解》，成為禮學經典由來已久。

本文選自《禮記》第十八篇，篇名「學記」，義為「教學雜記」，內容雜記「教」與「學」相關之制度、理論與經驗，是我國較完整的記載教學理論之重要篇章。從各段內容的安排來看，除了首尾大略相映，中間各段都是獨自立論，其先後次序的安排，似無章法。推測是因為：全篇內容累積了先秦以來儒家學者經過長期的教學實踐所體會出來的心血結晶，起初片段不完整，最後才由編撰者整合各家筆記勒而成篇。

全篇分為十九段，大意如下：

1. 論在位者如欲化民易俗，必須從教育著手。
2. 古代的君王，治理國家，首重教育工作。
3. 論教學相長。
4. 論大學教育之進階。
5. 敘大學始教之七項原則。
6. 論學習必須兼顧體用。

7. 敘當時教師錯誤之教學方法。
8. 敘大學教育成功的四個原因。
9. 敘大學教育失敗的六個原因。
10. 論大學教育宜講究方法，得法則成功，不得法則失敗，應隨時把握「引導」「鼓勵」「啟發」的教學方法。
11. 敘教師必須充分了解學生的學習心理及其缺失，如此才能加以補救。
12. 敘教學法中語言的使用，簡單、精確、妥善。
13. 言選擇老師的重要。
14. 言學習尊師之必要。
15. 論學生善學與不善學、師生善問答與不善問答之差異，兼明問答之法。
16. 論身為人師，必須引導學生「主動學習」，並且具有素養，以備學生問難。
17. 論「觀摩」、「示範」、「循序漸進」在學習過程中的重要性。
18. 論學習要當推論已知，明瞭未知，比較異同，舉一反三。
19. 論君子學習當追求根本。（康世昌）

問題與討論

1. 教學可以相長，可否就所見所聞與自己的經驗，詳加論述。
2. 你認為教育的成敗，老師或學生，誰的責任較大，可否針對〈學記〉所敘，加上自己的體驗，加以論述。

3.〈學記〉說：「師嚴然後道尊，道尊然後民知敬學」，可否據此論學習尊師的必要性。

4.〈學記〉說：「記問之學，不足以為人師，必也其聽語乎！」強調引導學生主動學習的重要。請問主動學習的條件為何？實施上有何困難？其成效又如何？

5.本文強調「正業」與「居學」必須兼顧，「理論」與「應用」不能偏廢，如此才能安然自在的學習，試論其然否？並說明本文中所謂「安」，在學習的歷程中有何重要性。

延伸閱讀

1.〔戰國〕荀子：《荀子・勸學》，收錄於北大哲學系注釋《荀子新注》，臺北：里仁書局，一九八三年。

2.〔東漢〕徐幹：《中論・治學》，收錄於徐幹：《中論》（收入《四部叢刊》初編），臺北，商務印書館，一九七五，臺三版。

3.〔東漢〕葛洪：《抱朴子・勖學》，收錄於葛洪：《抱朴子》（收入《新編諸子集成》），臺北：世界書局，一九八三，四版。

4.〔梁〕顏之推：《顏氏家訓・勉學》，收錄於王利器：《顏氏家訓集解》，臺北：明文書局，一九八二，初版。

哈佛大學的一年

張忠謀

選文

九月下旬哈佛開學，開學前幾天就可遷入宿舍，我第一天就搬進去了。哈佛一年級學生住在哈佛園❶周圍的幾十棟宿舍裡，每棟可住近百人，這些宿舍都是一百多年的老建築，雖老舊，但房間很寬敞，通常兩人一間，如果要申請單人宿舍也可以，但單人間不多，即使申請也不見得分配得到，且宿舍費較貴。三叔早就囑我住雙人間，可以多與同學接觸，所以我也沒有申請單人間。申請雙人間時，因爲我不認識任何同學，只好讓學校派室友，後來發現大部分同學的情形都和我一樣。

❶哈佛園：Harvard Yard，哈佛大學所在地。

我的房間在三樓，我搬入時室友還未到，但二樓有一位同學也正在搬入，我們就談起來了。他的名字叫柏曼，家就住在波士頓近郊，父親是中學英文教師，他本人也預備步父親後塵讀文學。我們搬完行李後，一起到附近咖啡館吃三明治，談得非常投機。當天晚上他就說他也不認識他的室友，覺得和我很投契，建議我們臨時申請爲室友。我婉拒了這個邀請，因爲我不願意得罪尚未見面的室友，也覺得他的邀請相當唐突。但後來柏曼卻成爲我此後幾年的莫逆之交，我在寒假時到他家去，他們有一幢小小可愛的房子，他的父母親是和善的長者，他的弟弟是很有禮貌的年輕人，家庭中充滿著溫暖。我也帶柏曼去三叔家，介紹我的「家」給他。我後來轉學麻省理工學院，但仍常常和柏曼見面。我結婚時，柏曼是我的男儐相，他的全家都來參加我的婚禮，直至我們都畢業才音信漸疏。

進入哈佛之前，我不認識什麼美國朋友。過去我對美國人的認知可說全從書本上得來。一般書上的說法總是以爲美國人熱情、直率，但不容易與他們有深交。但我與第一個美國朋友柏曼就立刻突破了這個窠臼。此後幾十年中，我認識許多很要好的美國朋友，近十幾年在臺灣當然也認識了許多投契的臺灣朋友。我想，友情的形成與維持在世界各國都一樣，只要能「以誠相待」，不怕沒有朋友。

我的室友名叫辛克萊，父親是哥倫比亞大學教授，家住紐約。辛克萊想攻人類學，他喜歡運動，長得很帥，開學不久就交了一大堆女朋友；後來辛克萊也成了我的好友。他常邀我一起去看球賽、參加舞會，有時還介紹女友給我。我也常邀他去聽音樂會或演講會、辯論會等。無論是我和他一起去看球賽或去舞會，或是他和我去聽音樂會或演說，結果都是很愉快。

同宿舍的同學在開學前後幾天陸續遷入，在以後的幾個星期中，我認識了近百個文化不同、背景各異但興趣相似的年輕人，其中有好幾位成為我在哈佛那一年的好友。在近百個同學中，並無一人因我是黃種人而敵視，當然也有幾個人對我冷漠，但他們通常對每個人都冷漠。我入學前對「種族歧視」的恐懼，在入學後很快地就化解了。

一九四九年哈佛一年級新生共一千一百餘名。其中外國人與少數民族如下：美籍黑人一名，外國學生共十四名，其中來自中美洲八人，來自歐洲三人，來自亞洲二人（除了我，有一位日本人）。所以這一班幾乎是清一色的白種美國人。他們的興趣涵蓋很廣，在我同舍中，有物理、數學、化學、人類學、政治、經濟、醫學、外交等系學生，我似乎是唯一要學工程的一年級生。當輪流講自己的志願時，我說我想學工程，大家幾乎異口同聲地問：「那你爲什麼不去麻省理工學院呢？」

開學時就要選功課。哈佛學生的通常負擔是四門，最多不能超過六門。三叔說我可以讀五門。一年級是「通識教育」，也就是說，只有三門可以選專修領域，其餘必須在專修領域以外。還有另一項規定，英文是外國學生的必修課。美國學生則可參加英文考試，如及格就可以不必選英文。事實上，三分之一以上的美國學生都沒有及格，也只得選英文，所以英文是一年級最大的班。

我的五門功課內，四門其實已定了。三門是理工專修課程，我選了物理、數學和化學，第四門是英文。第五門呢？我去找外國學生導師。他是一位和藹可親的中年教授，隨便翻了翻課程目錄，目光停在人文學類說：「人文學是西洋文化歷史的介紹，應該對你很有意義。」我第一年的五門課便選定了。

開學後很快就發現了這五門功課的難易。南洋模範中學的數理水準很高，而且在我輟學的近一年中，隨時在溫習數理，所以數學、物理對我不難。化學一直不是我所喜歡的功課，但南模的準備也使我足有能力應付。

英文呢？我在香港念小學時就讀英文，以後也一直沒停過，我的英文程度應該說是在國內中學畢業生的平均水準之上，但是一直到十八歲，只有在學校上英文課才用到英文。到美國時，英文會話只能勉強應付；寫作方面，雖然懂得的文法比一般美國人多，但實際寫信或作文，絕對沒有美國中學畢業生那麼流暢，所以我開始上英文課時，抱有相當的畏懼感。後來的發展卻相當意外。我們的教材主要擷取於近代文學（美國文豪海明威❷的著作尤爲講師所喜好，我後來也成爲一個海明威迷），也常讀具文學價值的政治文獻，例如林肯、羅斯福總統、邱吉爾首相的演說等。我從小就感受中國文字的魅力，在哈佛短短的一年中，竟對英文也產生了同樣的喜愛，只短短幾個月，對英文課的態度就從開始的不安，轉變成喜好。非但把講師指定的閱讀資料都讀了，而且一有時間就看一般推崇的近代英文文學、哲學、政治、經濟著作。哈佛一年中，我的閱讀之多與廣是後來一直不及的。我讀了海明威、費茲傑羅、高爾斯夫思、辛克

❷海明威：Ernest Miller Hemingway（西元1899～1961），美國作家，被認為是二十世紀最著名的小說家之一，著有《老人與海》、《戰地春夢》等書，一九五四年，獲得諾貝爾文學獎。

萊．路易斯、珍．奧斯汀、莎士比亞、蕭伯納的作品、邱吉爾的二次大戰回憶錄、近代美國總統的著名演說、美國歷史、威爾斯的世界史、好幾本關於中國的英文著作，還涉獵幾部古典巨著，如吉朋的《羅馬帝國衰亡史》❸，亞當．史密斯的《國富論》❹，甚至馬克思的《資本論》❺。除了這些巨著外，我訂了兩份報紙：「紐約時報」和在波士頓出版的《基督教論壇報》，還有《時代》雜誌。

刺激我一頭栽進英文熱的另一個因素，是開學時外國學生導師不經意地替我選的人文學課。開學前我只從課程目錄知道這是一門介紹西洋文化演變的功課，但開學第一天就得到了一個大震撼，原來它以介紹古典名著、進而了解時

❸羅馬帝國衰亡史：英國十八世紀歷史學家愛德華．吉本（Edward Gibbon）的一部巨著，被認為是第一部「現代」歷史著作，共有六卷。

❹國富論：十八世紀英國經濟學家亞當．史密斯（Adam Smith）所著，是現代經濟學的開山之作，後來的經濟學家基本是沿著他的方法分析經濟發展規律的，這部著作也奠定了資本主義自由經濟的理論基礎。

❺資本論：德國卡爾．馬克思（Karl Heinrich Marx）所著，透由分析資本主義的發展過程，找出現代社會的變化的規律，為現代工人運動提供科學的依據，被共產主義與社會運動者奉為經典，影響深遠。

代背景的方式介紹西洋文化演進。上課第一天，教授說明全學年的教材：以西元前八百年希臘詩人荷馬的《伊里亞德》❻始，接著讀羅馬詩人路克利沙、十七世紀英國詩人密爾頓的《失樂園》❼。第二學期以莎士比亞劇本開始，然後讀十七世紀愛爾蘭作家史越夫的《格列佛遊記》❽，最後是蕭伯納的劇本。「如果還有時間，也許可以看看近代的著作。」在下課前，他很輕鬆地交代：「下堂課前（兩天後），你們可把《伊里亞德》的前五章看一遍。」

當然我立刻就去買了一本《伊里亞德》，立刻就開始讀，但是，天啊！以我那時的英文程度讀希臘古詩的滋味，我想大概和一個僅通日常中文的外國

❻伊里亞德：古希臘詩人荷馬的敘事史詩，是重要的古希臘文學作品，與《奧德賽》同為西方的經典之一，約完成於西元前七五〇年左右。

❼失樂園：十七世紀英國詩人約翰・密爾頓（John Milton）以舊約聖經創世紀為題目於一六六七年創作的史詩。內容主要是描述墮落天使路西法（撒旦）從對神的反叛失敗後再重新振作，他對人間的嫉妒，以及他運用謀略化身為蛇，引誘亞當和夏娃違反神的禁令偷嚐智慧樹的果實，導致人類被逐出伊甸園的故事。

❽格列佛遊記：英國諷刺作家喬納森・史越夫（Jonathan Swift）創作之小說。作者以外科醫師萊繆爾・格列佛（Lemuel Gulliver）之筆，透過一系列奇妙文化之旅對當代的科學家及政客進行辛辣的嘲諷，揭示人類的劣根性。

人讀《詩經》一樣。那天下午和晚上，我花了好幾小時，查了字典不少次，總算讀完了《伊里亞德》第一章。更令人氣餒的是，這班同學大部分都是文科專長，對《伊里亞德》並不陌生，許多人從前多多少少看過此書。柏曼是這班同學，他就讀過全部《伊里亞德》，與他們競爭，我顯然處很大的弱勢。此後幾個月，人文課雖只是我五門功課之一課，但我投入的時間與用功的程度至少相當於別的兩門功課。

這樣持續了幾個月苦功，漸漸地，我對英文古文不再感到那麼生澀，而且竟然感覺有趣了。第二學期開始時，我已把讀莎翁的劇本視爲一個樂趣，後來讀蕭伯納的劇本更覺趣味盎然。即使開學時視爲畏途的《伊里亞德》，後來重讀也覺得裡面的希臘神話富饒意味，有些神話故事至今還在腦海裡。最近有一次與一位美國人做商業交涉，我引用希臘女神卡姍德拉的話，他會後問我怎麼會熟悉希臘神話？我說這是幾十年前讀荷馬的結果。他大爲驚奇說，現在連美國人都很少讀荷馬，想不到讓中國人領先了。

哈佛這一年，我的數、理、化只能說是「循序漸進」，但英文學習，卻有突破性的進步。以閱讀而言，英文課使我接觸了近代著作的領域，人文學課又同時把我引入了古典著作的堂奧。課外閱讀則包括許多重要書報雜誌。以寫作而言，英文課每星期要寫一篇短文，每學期要寫一篇長文，人文課也不斷地要寫報告與論文。以會話而言，這一年中除了週末去三叔家時說的中國話，平常說的、聽的都是英文。這一年中，視、聽、言、作各種外在表達無一不是英文的世界，英文也漸漸代替中文，成爲我內在思想的語言。

學習英文的經驗使我了解到，年紀愈輕，學習新的語言愈容易。我六歲到香港，開始學廣東話，後來講得和廣東小孩一樣流利。十二歲到重慶，又重新學國語，也覺得非常容易。十八歲到美國，對學新語言來說已是不小的年紀，必須有一個特別的環境和特別的努力才能學好。哈佛正是這一個特別的環境，而這環境又促使我主動的努力。經過哈佛一年的訓練，英文已成爲我的主語，我以英文思想，也最能以英文表達。一直到我來臺灣工作，才又有必要把主語轉移爲中文。但是我來臺灣時已逾中年，主語轉移的過程也就更難。雖然小時的根基尚在，但還是經過好幾年的努力，最近幾年才又開始以中文思想，以中文自然表達。要自由使用一種文字，須持續不斷的努力；甚至今天親筆寫此書，目的之一也是在鍛鍊自己的中文能力。

除了語文上的大進步外，哈佛也消滅了我與美國人之間的距離。這一年中，我只有美國朋友；到哈佛時，我是一個畏怯的外國青年，視美國人爲異族，更怯於與他們結交，深怕講錯話，也深怕被歧視。一年以後，我已很自然的和他們相處，可以說沒有什麼種族、國籍的隔閡了。

哈佛同學的優良和多元化，是我在短短一年中消除和美國人做朋友的障礙的主要原因。如果當年我是去一個普通美國大學，我相信大一學生的興趣大部分侷限於運動和社交上。哈佛學生卻有許多不同興趣，我的室友之中有對音樂有修養而且預備學音樂的同學，可以和我一起去聽交響樂、觀歌劇；有學建築或藝術的同學，和我一起逛波士頓的博物館；有學政治的同學，常常找我討論今後中共的趨勢；有學物理的高材生，可以指點我物理、數學上的疑難；我的室友辛克萊帶我去看籃球和冰上曲棍球賽，還告訴我交女友的習俗；更有我的好友柏曼，和我的興趣一樣廣泛，可以和我談天說地，並且是我的文學嚮導。我到美國的第一年就有這樣的風雲際會，實在是很幸運的。第二年到麻省理工學院後，就發現學生特質和哈佛很不同，麻省理工學院的學生更用功，但較拘謹，很少予人才華洋溢的感覺，而且興趣較狹窄。較諸哈佛，麻省理工實在是一個相當乏味的學校。

在哈佛過了興奮、刺激但又有紀律的一年。除了有一個週末乘火車去紐約訪友外，我都住在宿舍裡，也在學校包飯。包飯每週供應六天，星期日就自己料理。記得那時的膳食費攤下來每天二美元，吃得很好。在那個時代，大家還沒有膽固醇、脂肪等顧慮，所以雞蛋、牛奶、黃油、牛排都被認爲是健康的食物。我們就在哈佛園裡面的飯廳用餐，自己領了食物後圍在一條條長桌旁邊，輕鬆地談笑用餐。飯廳的秩序井井有條，晚餐還必須穿上裝、打領帶。

每天白天的時間幾乎都花在上課、讀書。白天宿舍很安靜，可以在房間讀書，晚餐後開始熱鬧，要讀書最好去圖書館；如果回宿舍就有各式各樣不同的聊天和討論，課外活動也大多在晚餐後進行。我買了波士頓交響樂團的季票，每週有一個晚上可以聆聽這舉世聞名的樂隊。波士頓是美國的文化城，很多著名的音樂家常到此表演。在那一年中，我去聽了不少演出：鋼琴家魯賓斯坦[9]和

[9] 魯賓斯坦：亞瑟．魯賓斯坦（Arthur Rubinstein, 1887-1982）波蘭人，擅長詮釋蕭邦的作品，是二十世紀最傑出，也是藝術生命最長的鋼琴家之一。

霍洛維茲[10]、小提琴家海飛茲[11]、男高音納爾遜愛迪，這些都是我在上海就聽過唱片的音樂家，現在可以在現場聽他們表演。除了音樂，我也去欣賞芭蕾舞與戲劇。戲劇中最令我感到扣人心弦的是「推銷員之死」[12]，看了後好幾天不能忘懷主角悲慘的命運，以及造成這悲慘命運的社會環境。我也欣賞蕭伯納[13]的「人與超人」，我去看的那一場演出沒有布景，只有四名演員穿了大禮服在台上讀台詞，但是極賣座，演出時，可容納幾千人的戲院都擠滿了。我事先讀劇本，以便可以充分欣賞演員的演技與戲劇氣氛。蕭翁的不朽劇本被這幾位演員發揮

⑩ 霍洛維茲：弗拉基米爾・薩莫伊洛維奇・霍洛維茲（Vladimir Samoylovich Horowitz, 1903-1989），俄國人，後來定居美國，是二十世紀最重要的鋼琴家之一，曾獲二十四座葛萊美獎。

⑪ 海飛茲：雅沙・海飛茲（Jascha Heifetz, 1901-1987），俄裔美籍小提琴家，二十世紀最偉大的小提琴家之一。他以幹練、快速而著稱，作風霸氣而恢宏，技巧驚人而精確。他的舞臺形象給人冷峻的感覺，特別是當他展現炫技作品的時候，冷靜乾脆地掌握每一刻凝聚的音符，牽動著觀眾每根神經。

⑫ 推銷員之死：美國劇作家亞瑟・米勒（Arthur Asher Miller, 1915-2005）的劇本，完成於一九四九年，是一部相當具有影響力的二十世紀戲劇。這部劇作被視為是一場對在資本主義下的美國夢相當嚴苛的批評，《推銷員之死》在演出之後大受好評，贏得了一九四九年的普立茲獎。

⑬ 蕭伯納：喬治・蕭伯納（George Bernard Shaw, 1856-1950），愛爾蘭劇作家，一九二五年「因為作品具有理想主義和人道主義」而獲諾貝爾文學獎，作品有《人與超人》、《賣花女》。

得淋漓盡致。他們唸詞清晰無比，有時慷慨激昂，有時相互竊竊私語；無論個人技巧，或互相配合，都是精采的上乘之作，留給我的印象至今猶在。

演講會、辯論會也常有機會參加。那時中共剛占領大陸，「中國問題」是很熱門的話題，也常是演講會和辯論會的主題。演講會主講者包括學校教授、外來學者或政治人物。美國國會議員每以被哈佛學生團體邀請爲榮，常應邀來演說。辯論會大體由政治系教授主持，而以學生爲辯論者。學生辯論雖偶有稚氣，但一般水準很高。

有了這麼豐盛的智慧和心靈生活，實在沒有時間講求體育。但是哈佛規定：大一學生必須有一項運動專長，而且必須在學年結束前通過游泳考試，所以不會游泳的人都選擇游泳爲他們的運動，我也是其中之一。每個星期六，我去游泳池報到，學習游泳一小時。許多同學都很快地學會，通過了游泳考試，接著選擇另一項他們更喜歡的運動。但是拙於運動的我，游泳竟是那麼難！我每星期去練習一小時，游泳班的人愈來愈少，教練也愈來愈不耐煩。到我終於通過一百公尺游泳考試時，教練如釋重負，誠摯地恭喜我。我及格後，游泳班只剩下一位同學，當我對哈佛游泳池做最後一瞥時，只見他手舞足蹈地在水中掙扎。

一年在興奮又忙碌地探索新奇中很快地過去。學年終，我的物理、數學和英文得A，化學和人文學得B。那時學校給分完全採競爭制，每班百分之十的學生得A，百分之二十五得B，百分之五十得C，其餘得D或E；所以我的三A二B把我放在全年級的前百分之十內。

正如文豪海明威形容巴黎爲「可帶走的盛宴」[14]，我也如此形容哈佛一年。自此以後，我經歷麻省理工、就業、入史丹佛攻讀博士、在德州儀器公司工作各個階段，但是我無論到何處，做何事，我隨身帶著這個「盛宴」，也隨時享受了這「盛宴」給予我的知識、興趣和體會。甚至幾十年後來臺灣，即使時地的變遷令人有恍如他世之感，但是這個「盛宴」仍不失其新鮮，我彷彿仍置身於豐富多變、精緻迷人的氣氛中。

[14] 可帶走的盛宴：《可帶走的盛宴》（A Moveable Feast），美國大文豪海明威於一九五七年在古巴所寫，追記他於一九二一至一九二六年間在巴黎的那段物質艱苦、心靈豐富歲月的回憶。

作者與賞析

張忠謀（西元1931～），出生於浙江鄞縣。一九四九年赴美，進入哈佛大學，第二年，轉學至麻省理工學院，一九五三年獲碩士學位，一九六四年獲史丹佛大學博士學位。畢業後，歷任德州儀器公司、通用器材公司，一九八五年來臺擔任工研院院長，一九八六年，創辦「臺灣積體電路製造公司」，帶領臺灣半導體產業發展，貢獻卓著。目前擔任台積電董事長，繼續在半導體產業引領潮流。

本文選自《張忠謀自傳（上）》第二章〈哈佛大學與麻省理工〉，標題為編者所加。全文主要是描寫作者在一九四九年負笈美國，在哈佛大學的學習，張忠謀在哈佛的學習非常廣泛：嚴謹的課程、豐富的文藝活動、同儕的交流等。在心態上，作者原來是惴惴不安的，後來，同學的親善化解了他的疑慮，也改變他對美國人的刻板認知。就在這樣友善和樂的氣氛中，張忠謀展開他全方位的學習，課程方面，他修五門課：物理、數學與化學都是他拿手的科目；英文課雖有難度，老師帶領大家閱讀美國近代文學的課程設計，讓張忠謀一頭栽進廣闊的英美文學天地；人文學是導師幫他挑選的，教師以西洋古典名著的閱讀為主軸，讓張忠謀一開始非常挫折，然而，經歷數個月的努力，他不但讀完《伊里亞德》，也對後來的莎士比亞與蕭伯納的劇本感到興味盎然。整個學習的重點反而聚焦在人文學，作者的英文以及對西洋文化的認識都獲得突破性的發展。在課外活動方面，作者善用波士頓的文藝資源，聆賞音樂、戲劇與芭蕾舞。此外，還有演講會、辯論會。在同儕互動方面，哈佛同學人才濟濟，大家一起生活，彼此策勵，形成非常良好的互動，也營造了良性的學習環境。

最後，作者總結這一年的學習，他借用海明威對巴黎的稱讚：「可帶走的盛宴」，強調哈佛對他一生深遠的影響。（蔡忠道）

問題與討論

1. 張忠謀在哈佛如何與同學互動？有哪些方式、原則？
2. 張忠謀在哈佛修習什麼課程？他從中獲得什麼？
3. 為什麼張忠謀說在哈佛的一年是他一生中「可帶走的盛宴」？
4. 你將如何安排大學生活？

延伸閱讀

1. 〔美〕海明威著，成寒譯：《流動的盛宴》，臺北：九歌出版社，一九九九年。
2. 吳大猷：《回憶》，臺北：聯經出版社，一九七七年。
3. 江才健：《吳健雄傳》，臺北：時報文化出版社，一九九六年。

「牛華」與香港

馬家輝

選文

年少時代有過幾個明星偶像，略數一下，譚詠麟與鍾鎮濤，秦祥林與鄧光榮，張國榮與陳百強，都是。洋鬼子則有約翰·屈伏塔，他的《週末夜狂熱》和《火爆浪子》我都看了超過五十遍，甚至在走路姿勢和服裝打扮上亦向他亦步亦趨，假如那年頭已經知道他是躲在衣櫃裡的同性戀者（closet gay），我肯定亦會模仿。

哦，對了，還有一位。過了這麼多年，當其餘偶像或退休或消亡或破敗，他卻仍然活躍於台前幕後，一直紅，仍然紅，繼續是我和許許多多香港人的心中偶像。這位先生，姓劉，名德華。

我向來對明星藝人的八卦新聞沒有太大興趣，偶爾瞄瞄瞧瞧，純粹娛樂，不涉感情，聊作跟年輕友輩之間的話題談資，亦是好。但對劉德華例外，關於他的八卦新聞，我都愛看。這位Andy Lau先生是根正苗紅的香港品牌，他二十歲出道，我當時十八歲，今年他五十二歲了，我現在五十歲，三十年來他一直努力地在演在唱，三十年來我也一直努力地在寫在講。對我這輩這類香港人來說，劉德華幾乎不再是明星而是「熟人」甚至「朋友」，如同周潤發，他的額上幾乎鑿上了「香港」二字，他是香港，香港是他，大家同甘共苦。

內地朋友有沒有看過劉德華替香港政府拍的公益宣傳短片？是好久以前的事情了，一系列的短片，有幾分似「情境喜劇」，在商店或食肆裡有顧客要求這樣要求那樣，售貨員或服務生臉臭冷淡，完全不知道什麼叫做「顧客至上」，這時候，Andy Lau先生突然現身，正色對售貨員或服務生教訓一句：「今時今日，這種服務態度已經唔得的了！」對方立感尷尬，低頭無語。然後片段倒流，顧客仍是要求這樣要求那樣，售貨員或服務生卻態度良好，笑臉相迎，和諧萬歲，和氣生財。

短片在香港的電視頻道播放後，多年以來，「今時今日，這種服務態度已經唔得的了！」早已成爲香港人的口頭禪，每當購物消費遇上不良服務，我們總會模仿劉德華的語氣教訓對方，效果非常良好，若不相信，下回你來香港可以親自試試。其他藝人或許是「演而優則導」，劉先生則爲「演而優則教」，他是香港公民道德的教育導師，甚至可以誇張地說，在許多人眼中，他是「香港良心」。

劉德華剛出道時，人氣其實稍遜於黃日華、苗僑偉、湯鎮業，TVB力捧他們三人，劉先生伴隨於後。陳冠中當時主編最具影響力的《號外》潮流雜誌，就分別讓後面三人做了封面人物，過了一陣子，才輪到劉德華，這便是人氣的高低指針，然而，人稱「劉華」的Andy奮力追上，過不了四、五年，超越前進，終於把三人拋在後頭，成爲演藝小生之中的榜首紅人。

才情，是重點；努力，更是。劉德華之毅力與勤力，在演藝圈中稱了第二便無人敢稱第一，因此也成爲「香港精神」的特質代表，三十年來，他一直做、一直演、一直唱，並且自設公司投資電影以扶持像陳果導演之類的獨立新人，大家都在問：「劉德華爲什麼好似不會覺得疲勞？」但沒有人有答案，恐怕連劉德華自己也說不上來。大家只知道，「劉華」二字於廣東話跟「牛華」音近，正好反映了他那像農牛耕田般的持久耐力，大家都對他折服。

我對Andy Lau的仰慕卻又有著另一種「私人感情」。並不是因爲我認識他，而是因爲大約四、五年前的一個下午，我到香港電台做節目，在電台門外迎面遇見劉德華，他應是剛剛受訪完畢，出門回府。他是大明星，我是小人物，當然低頭疾走，不想打招呼沾光，豈料他卻主動跟我打招呼，用一聲非常親切的「喂！」把我喊住。我愕然，停步問他，你認識我？

劉德華笑道：「是呀！我經常看你在電視台的清談節目，很好看！」Andy指的應是鳳凰衛視的《鏘鏘三人行》。竇文濤是老大是紅花，我偶爾作陪作襯，他於一九八八年起替中國電視界創造了一個史無前例的清談節目，十多年，模仿者眾，接近者少，史無前例地成功，中國電視史應該有他的一章紀錄。

面對親切的劉德華，沒有人能夠裝酷，但我仍有我的幽默本色，於是，把手伸向他，並對他說：「好吧，既然你是節目的粉絲，我就讓你握一下手吧！」

說完，眨一下左眼，吐一下舌頭，裝一下鬼臉。

劉德華哈哈大笑，然後爽快地跟我握手。

正是這段偶遇因緣讓我對劉德華多了「私人感情」，正是這份「私人感情」讓我看見他的八卦新聞而倍覺感動，結婚了，做父親了，五十二歲了，走向生命的另一個境界，「劉華」是「牛華」，但今天的這個「牛」，不僅代表毅力努力耐力，而更是「橫眉冷對千夫指，俯首甘爲孺子牛」的牛。

恭喜了，劉先生，以及朱小姐，以及另一位亦是姓劉的那位新生小寶貝。

作者與賞析

馬家輝（西元1963～），香港灣仔人。受李敖《傳統下的獨白》影響，赴臺灣求學，畢業於國立臺灣大學心理學系，後續取得美國芝加哥大學社會科學碩士、美國威斯康辛大學社會學博士。曾任臺灣華商廣告公司文案企劃、臺灣《大地》地理雜誌記者、《明報》世紀版和讀書版策劃顧問暨該報專欄作家、香港城市大學教師等職。具有散文家、電視電臺節目主持人、文化評論者等多元文化身分。著述等身，出版豐碩，著有《消滅李敖，還是被李敖消滅》（1985）、《對照記@1963：22個日常生活詞彙》（2012）、《所謂中年所謂青春：對照記@1963Ⅲ》（2013）、《龍頭鳳尾》（2016）、《鴛鴦六七四》（2020）等書，且創作不輟。

李敖讀完馬家輝一九八五年出版的《消滅李敖，還是被李敖消滅》後，甚至讚譽其「比李敖更了解李敖」，李敖更在一九九七年出版的《李敖回憶錄》中，將馬家輝列為生平所交好友之一。在臺灣求學期間，經歷臺灣由戒嚴至解嚴時期的馬家輝，創作受自由主義思潮影響，反映在其代表作「香港三部曲」，其中已完成的前兩部《龍頭鳳尾》（2016）、《鴛鴦六七四》（2020），明眼人見到馬家輝對國族與性別認同議題的持續辯證。

〈「牛華」與香港〉這篇散文選自馬家輝二〇一三年七月與楊照、胡洪俠合著出版的《所謂中年所謂青春：對照記@1963Ⅲ》。何以題為「對照記@1963」？乃因三位一九六三年出生的作家，共同致敬張愛玲一九九四年出版的《對照記》。系列之首題為《對照記》、第二部《忽然，懂了》，而此《所謂中年所謂青春》則是終曲。

《所謂中年所謂青春》以三十個主題詞區分章節，主題詞包含：五十歲、家書、功夫、打架、監獄、移民、保險、繁體字/簡體字、蔣介石、毛澤東、張愛玲等。每個主題詞又以楊照、馬家輝、洪胡俠各一篇文章有序構成，埋藏了馬家輝於書序中提到的「關於中年與青春的叛逆弔詭」。

〈「牛華」與香港〉即是馬家輝在第三個主題詞「偶像」的命題謬思。文章開頭提到眾多知名港星，譬如譚詠麟、鍾鎮濤、秦祥林、鄧光榮、張國榮與陳百強；及派拉蒙電影公司一九七七年出品的音樂電影《周末狂熱夜》（Saturday Night Fever）與一九七八年出品的《火爆浪子》，馬家輝有意刻劃、召喚閱聽人對於一九七〇年代末至一九八〇年代繽紛的香港風華的文化記憶，並將自己的青壯回憶留於筆下。

整篇文章以詼諧、輕鬆的調性譜寫而成，正如文中所提作者的「幽默本色」。因此，以輕快節奏引出的「劉華」與「牛華」的廣東話近音議題，以及劉德華似耕地裡的牛般努力的譬喻貫串全文，亦呼應到終段句尾魯迅「橫眉冷對千夫指，俯首甘為孺子牛」的「牛」之轉變。

然而，更重要的是馬家輝藉由一九七〇年代末至一九八〇年代的文化記憶，以及劉德華所能引起的閱聽人共鳴，所欲召喚、勾勒的人們心中的「香港精神」，亦即文章中所述：劉德華彷若成為香港的象徵。其中，馬家輝看似輕描淡寫，卻是深情的呼喊。他以劉德華出道時，人氣實遜於黃日華、苗僑偉、湯鎮業等TVB力捧之明星，引出劉德華的才情、勤奮與毅力，更指出「牛華」有無人能出其右的努力特質。這使得文章後續以劉德華比擬「香港精神」時，為此精神添色了勤力與毅力等正向、勵志，充滿希望的香港人特性。此外，那若隱若現的同性戀議題，亦多元的穿梭於文句之間。細心的讀者可以發現，自由主義作為馬家輝創作的重要思想源頭，時刻在誘發他的創見契機；而國族、性別等認同議題，也不曾被他拋棄，無窮的出現在他輪迴、往復的書寫與講演中。

馬家輝作品風格獨樹一幟，源於他對香港無盡的凝視與細緻的關懷，誠如王德威在《龍頭鳳尾》的〈導讀〉中寫道：

> 《龍頭鳳尾》寫上個世紀四十年代香港的危機時刻，故事新編，難道只為了一遂馬家輝懷舊的鄉愁？當香港從殖民時期過渡到特區時期，當「五十年不變」已由量變產生質變，新的危機時刻已然來臨。這些年馬家輝對香港公共事務就事論事，但作為小說作者，他選擇了更迂迴的——龍頭鳳尾的——方式來訴說自己的情懷❶。

❶王德威，〈導讀：歷史就是賓周——論馬家輝的《龍頭鳳尾》〉，收錄於馬家輝，《龍頭鳳尾》（臺北：新經典圖文傳播，2016年），頁15。

馬家輝看似輕描淡寫的幽默文字中，處處暗藏著危機與生機，他在描繪／再現香港的同時，也預示著那些時代的繁花正漸漸凋逝。最終，馬家輝的文字留下了香港多語、多音、多元的歷史遺跡。（許尤娜）

問題與討論

1. 文章中以劉德華作為「香港精神」的特質代表，試想你所認同的故鄉，有哪些代表人事物？例如：雲林褒忠，鄧麗君；雲林虎尾，布袋戲；雲林口湖，鄭豐喜；雲林麥寮，拱範宮；雲林水林，地瓜；雲林元長，黑金剛花生；雲林林內，紫斑蝶；蘭嶼，夏曼・藍波安；馬來西亞，《富都青年》。
2. 馬家輝以文章描繪一九七〇年代末至一九八〇年代的香港，而今若你要描寫你所身處的時代，將會想起哪些明星、電影與歌曲？
3. 文章中所提到的「香港精神」為何？請舉例或延伸說明之。
4. 跨領域多元身分的馬家輝，在年少的十八歲以大他二歲剛出道的劉德華為偶像，你心中也有仰慕的偶像／典範人物嗎？請談談那些對你有影響力、讓你想要親近效學的人物所具備的人格特質、魅力？以及你與他們之間的「私人感情」連結或交流故事。

延伸閱讀

1. 馬家輝，《龍頭鳳尾》，臺北：新經典圖文傳播，二〇一六。
2. 馬家輝，《鴛鴦六七四》，臺北：新經典圖文傳播，二〇二〇。
3. 陳慧，《弟弟》，臺北：木馬文化，二〇二二。

4. 張愛玲，《對照記：散文集三・1990年代》，臺北：皇冠文化，二〇二〇。

5. 楊照、馬家輝、胡洪俠合著，《對照記@1963：22個日常生活詞彙》，臺北：遠流，二〇一二。

6. 楊照、馬家輝、胡洪俠合著，《忽然，懂了：對照記@1963 II》，臺北：遠流，二〇一二。

7. 楊照、馬家輝、胡洪俠合著，《所謂中年所謂青春：對照記@1963 III》，臺北：遠流，二〇一三。

生命是長期而持續的累積

彭明輝

選文

生命是一種長期而持續的累積過程，絕不會因爲單一的事件而毀了一個人的一生，也不會因爲單一的事件而救了一個人的一生。我們該得的，遲早會得到；我們不該得的，即使僥倖巧取也不可能長久保有。如果我們看得清這個事實，許多所謂「人生的重大抉擇」就可以淡然處之，根本毋須焦慮。而所謂「人生的困境」，也往往當下就變得無足掛齒。

如果看得更深遠而透徹，人活著，爲的是追求一輩子的幸福，而不僅僅只是起跑點或終點上的輸贏，甚至也不是過程中的輸贏。

贏了，得到一時的快樂；輸了，難免一時的痛苦。但是，在人生絕大多數的時間裡，我們的幸福卻跟輸贏無關。只要有了一家人的愛，很多人都可以過得幸福，而不需要太多的物質來維繫這難得的幸福。但是，一家人的愛不能只憑運氣或命定的良緣，它更需要當事人的用心經營，以及「愛人」的能力，才有辦法克服彼此成長過程中被潛移默化的文化與價值差異，通過彼此的努力傾聽，才會有真正的尊重與了解，以及在內心痛苦時給予最大的扶持。

「被愛」是幸福的，但是如果沒有「愛人」的能力，就很難長期維繫「被愛」的幸福。而能力要靠長期的累積，不能靠一時的運氣。

欣賞大自然的能力，或者閱讀文學、歷史與欣賞音樂、美術的能力都攸關著我們獨處時能否得到深刻的滿足，也決定了我們對人性與慾望的洞察能力，乃至於看透人生而知所取捨的智慧。沒有這些智慧，再多的名利都無法保證我們可以遠離煩惱與痛苦，而得到心靈的平靜與滿足。

這些能力的累積都無關乎一時的成敗，全憑我們一生長期而持續的累積。

困境與抉擇

許多同學應該都還記得聯考或學測前夕的焦慮：稍微失常可能就要掉好幾個志願，甚至於一生的命運從此改觀！到了大四，這種患得患失的焦慮可能更強烈而複雜：到底要先當兵、就業，還是先考研究所？我就經常碰到學生充滿焦慮地問我這些問題。可是，這些焦慮實在是莫需有的！譬如，我陪兒子和女兒走過學測，他們的成績都沒有到「就算失常也穩考得上」的程度，但我他們都不曾在聯考前夕眞正地焦慮過。

生命是一種長期而持續的累積過程，絕不會因爲單一的事件而毀了一個人的一生，也不會因爲單一的事件而救了一個人的一生。我們該得的，遲早會得；我們不該得的，即使僥倖巧取也不可能長久保有。如果我們看得清這個事實。許多所謂「人生的重大抉擇」就可以淡然處之，根本毋須焦慮。而所謂「人生的困境」，也往往當下就變得無足掛齒。

以高中入學考爲例：一向不被看好的甲不小心猜對十分，而進了建國中學；一向穩上建國的乙不小心丟了二十分，而到附中。放榜日一家人志得意滿，另一家人愁雲慘霧，好像甲、乙兩人命運從此篤定。可是，聯考眞的意味著什麼？建國中學最後錄取的那一百人，眞的有把握一定比附中前一百名前景好嗎？僥倖考上的人畢竟仍舊只是僥倖考上，一時失閃的人也不會因爲單一的事件而前功盡棄。一個人在考試前所累積的實力，絕不會因放榜時的排名而有所增減。因爲，生命是一種長期而持續累積的過程！所以，三年後乙順利地考上台大，而甲卻跑到成大去。這時回首高中聯考放榜的時刻，甲有什麼好得意？而乙又有什麼好傷心？

同樣的，今天念清大電機系的人，當年聯考分數都比今天念成大電機系的人高，可是誰有把握考研究所時一定比成大電機系的人考得好？仔細比較甲和乙的際遇，再重新想想這句話：「生命是一種長期而持續的累積過程，不會因一時的際遇而中止或增減」。入學考排名只不過是個表象。有何可喜、可憂、可懼？

一時的得失悲喜不必縈懷

我常和大學的同學談生涯規劃，問他們三十歲以後希望在社會上扮演什麼樣的角色。可是，到現在沒有人眞的能回答我這個問題，他們能想到的只有下一步到底是當兵還是考研究所。聯考、學測制度已經把我們對生命的延續感徹底瓦解掉，剩下的只有片斷的「際遇」，更可悲的甚至只活在放榜的那個（光榮或悲哀的）時刻！

但是，容許我不厭其煩地再重複一次：生命的眞相是一種長期而持續的累積過程，該得的遲早會得到，不該得的不可能長久保有。我們唯一該關切的是自己眞實的累積過程（這是偶發的際遇所無法剝奪的），而不是一時順逆的際遇。如果我們能看清楚這個事實，生命的過程就眞是「功不唐捐」，沒什麼好貪求，也沒什麼好焦慮的了！剩下來，我們所需要做的無非只是想清楚自己要從人生獲得什麼，然後安安穩穩，勤勤懇懇地去累積所需要的實力。

我自己就是一個活生生的例子。從一進大學就決定不再念研究所，所以，大學四年的時間多半在念人文科學的東西。畢業後工作兩年，才決定要念研究所。碩士畢業後，立下決心：從此不再爲文憑而念書。誰知道世事難料，當了五年講師後，我又被時勢所迫，卅二歲才整裝出國念博士。出國時，一位大學同學笑我：全班最晚念博士的都要回國了，你現在才要出去？兩年後我從劍橋回來，眼裡看著別人欣羨敬佩的眼光，心裡卻只覺得人生際遇無常，莫此爲甚：一個從大一就決定再也不鑽營學位的人，竟然連碩士和博士都拿到了！屬於我們該得的，那樣曾經少過？而人生中該得與不該得的究竟有多少，我們又何曾知曉？從此我對際遇一事不能不更加淡然。

當講師期間，有些態度較極端的學生曾當面表現出他們的不屑；剛從劍橋回來時，卻被學生當做傳奇性的人物看待。這種表面上的大起大落，其實都只是好事者之言，完全看不到事實的眞相。從表面上看來，兩年就拿到劍橋博士，這好像很了不起。但是，在這「兩年」之前我已花整整一年，將研究主題有關的論文全部看完，並找出研究方向；而之前更已花三年時間做控制方面的研究，並且在國際著名的學術期刊上發表過數篇論文。而從碩士畢業到拿博士，其間七年的時間我從未停止過研究與自修。所以，這個博士其實是累積了七年的成果（或者，只算我花在控制學門的時間，也至少有五年），根本也沒什麼好驚訝的。

常人不從長期而持續的累積過程來看待生命因積蓄而有的成果，老愛在表象上以斷裂而孤立的事件誇大議論，因此每每在平淡無奇的事件上強作悲喜。可是對我來講，當講師期間被學生瞧不起，以及劍橋剛回來時被同學誇大本事，都只是表象。事實是：我只在乎每天廿四小時點點滴滴的累積。拿碩士或博士只是特定時刻裡這些成果累積的外在展示而已，人生命中眞實的累積從不曾因這些事件而中止或加添。

短期差異，不影響長期累積

常有學生滿懷憂慮地問我：「老師，我很想先當完兵，工作一、兩年再考研究所。這樣好嗎？」「很好！這樣子有機會先用實務來印證學理，你念研究所時會比別人更了解自己要的是什麼。」「可是，我怕當完兵又工作後，會失去鬥志，因此考不上研究所。」「那你就先考研究所好了。」「可是，假如我先念研究所，我怕自己又會像念大學時一樣茫然，因此念得不甘不願的。」「那你還是先去工作好了！」「可是……」我完全可以體會到他們的焦慮，可是卻無法壓抑住對於這種對話的感慨。其實，說穿了他所需要的就是兩年研究所加兩年工作，以便加深知識的深廣度和獲取實務經驗。

先工作或先升學，表面上大相逕廷，其實骨子裡的差別根本可以忽略。在「朝三暮四」這個成語故事裡，主人原本餵養猴子的橡實是「早上四顆下午三顆」，後來改爲「朝三暮四」，猴子就不高興而堅持要改回到「朝四暮三」。先工作或先升學，其間差異就有如「朝四暮三」與「朝三暮四」，原不值得計較。但是，我們經常看不到這種生命過程中長遠而持續的累積，老愛將一時際遇中的小差別誇大到攸關生死的地步。

最諷刺的是：當我們面對兩個可能的方案，而焦慮得不知何所抉擇時，通常表示這兩個方案或者一樣好，或者一樣壞，因而實際上選擇那個都一樣，唯一的差別只是先後之序而已。而且，愈是讓我們焦慮得厲害的，其實差別愈小，越不值得焦慮。反而眞正有明顯的好壞差別時，我們輕易的就知道該怎麼做了。可是我們卻經常看不到長遠的將來，短視地盯著兩案短期內的得失：想選甲案，就捨不得乙案的好處；想選乙案，又捨不得甲案的好處。如果看得夠遠，人生長則八、九十，短則五、六十年，先做那一件事又有什麼關係？甚至當完兵又工作後，再花一整年準備考研究所，又有什麼了不起？

當然，有些人還是會憂慮道：「我當完兵又工作後，會不會因爲家累或記憶力衰退而比較難考上研究所？」我只能這樣回答：「一個人考不上研究所，只有兩種可能：或者他不夠聰明，或者他的確夠聰明。不夠聰明而考不上，那也沒什麼好抱怨的。假如你夠聰明，還考不上研究所，那只能說你的決心不夠強。假如你是決心不夠強，就表示你生命中還有其他的可能性，其重要程度並不下於碩士學位，而你捨不得丟下它。既然如此，考不上研究所也毋須感到遺憾。不是嗎？」人生的路那麼多，爲什麼要老斤斤計較著一個可能性？

際遇不佳不會減損才華

我高中最要好的朋友，一生背運：高中考兩次，高一念兩次，大學又考兩次，甚至連機車駕照都考兩次。畢業後，他告訴自己：我沒有人脈，也沒有學歷，只能靠加倍的誠懇和努力。現在，他自己擁有一家公司，年收入數千萬。一個人在升學過程中不順利，而在事業上順利，這是常見的事。有才華的人，不會因爲被名校拒絕而連帶失去他的才華，只不過要另外找適合他表現的場所而已。反過來，一個人在升學過程中太順利，也難免因而放不下身段去創業，而只能乖乖領薪水過活。福禍如何，誰能全面知曉？我們又有什麼好得意？又有什麼好憂慮？

人生的得與失，有時候怎麼說也不清楚，有時候卻再簡單也不過了：我們得到平日努力累積的成果，而失去我們所不曾努力累積的！所以重要的不是和別人比成就，而是努力去做自己想做的。功不唐捐，最後該得的不白少你一分，不該得的也不白多你一分。

好像是十幾年前的時候，我在往藝術中心的路上碰到一位高中同學。他在南加大當電機系的副教授，被清華電機聘回來開設短期課程。從高中時代他就很用功，以第一志願上台大電機後，四年都拿書卷獎，相信他在專業的研究上也已卓然有成。回想高中入學時，我們兩人的智力測驗成績分居全學年第一、第二名。可是從高一起我就不曾放棄過自己喜歡的文學、音樂、書法、藝術、和哲學，而他卻始終不曾分心去涉獵任何課外的知識，因此兩個人在學術上的差距只會愈來愈遠。

反過來說，這三十年來我在人文領域所獲得的滿足，恐怕已遠非他所能理解的了。我太太問過我，如果我肯全心專注於一個研究領域，是不是至少會趕上這位同學的成就？我不這樣想，兩個不同性情的人，註定要走兩條不同的路。不該得的東西，我們註定是得不到的，隨隨便便拿兩個人來比，只看到他所得到的，卻看不到他所失去的，這有什麼意義？

從高中時代開始，我就不曾仔細算計外在的得失，只安心地做自己想做的事：我不喜歡鬼混，願意花精神把自己份內的事做好；我不能放棄對人文科學的關懷，會持續一生去探討。事實單單純純地只是：我只在乎每天二十四小時生命中眞實的累積，而不在乎別人能不能看到我的成果。有人問我（編案：應是「我」），既然遲早要念博士，當年念完碩士就出國，今天不是可以更早升教授？我從不這樣想。老是斤斤計較著幾年拿博士，幾年升等，這實在很無聊，完全未脫學生時代「應屆考取」的稚氣心態！人生長得很，值得發展的東西又多，何必在乎那三、五年？反過來說，有些學生覺得我「多才多藝」，生活「多采多姿」，好像很值得羨慕。可是，爲了兼顧理工和人文的研究，我平時要比別人多花一倍心力，這卻又是大部分學生看不到，也不想學的。

走出得失，就沒有困境

有次清華電臺訪問找（編案：應是「我」）：「老師，你如何面對你人生中的困境？」我當場愣在那裡，怎麼樣都想不出我這一生什麼時候有過困境！後來仔細回想，才發現：我不是沒有過困境，而是被常人當做「困境」的境遇，我都只當做一時的際遇，不曾在意過而已。

剛服完役時，長子已出生卻還找不到工作。我曾焦慮過，卻又覺得遲早會有工作，報酬也不致於低得離譜，就不曾太放在心上。念碩士期間，家計全靠太太的薪水，省吃儉用，但對我而言又算不上困境。一來，精神上我過得很充實，二來我知道這一切是爲了讓自己有機會轉行去教書（做自己想做的事）。

三十二歲才要出國，而大學同學正要回同一個系上任副教授，我很緊張（不知道劍橋的要求有多嚴），卻不曾爲此喪氣。因爲，我知道自己過去一直很努力，也有很滿意的心得和成果，只不過別人看不到而已。

我沒有過困境，因爲我從不在乎外在的得失，也不武斷地和別人比高下，而只在乎自己內在眞實的累積。我沒有過困境，因爲我確實了解到：生命是一種長期而持續的累積過程，絕不會因爲單一的事件而有劇烈的起伏。同時我也相信：屬於我們該得的，遲早會得到；屬於我們不該得的，即使一分也不可能長久持有。假如你可以分享這些信念，那麼人生於你也將會是寬廣而長遠，沒有什麼了不得的「困境」，也沒有什麼好焦慮的了。

作者與賞析

彭明輝，劍橋大學控制工程博士，曾任國立清華大學動力機械工程學系教授，現已退休。彭明輝雖然是工程學家，但在科學研究之餘，也潛心研究藝術、文學、音樂、哲學等人文領域，曾獲中國畫學會「藝術理論金爵獎」與「帝門基金會藝術評論獎」。

彭明輝在四十歲以前閉門讀書，在各個領域中探索人類心靈最深刻、莊嚴、崇高、美麗的各種表現，透過學習與自我對話尋求活出自己的人生意義與價值；四十歲以後開始摸索跟這塊土地與同胞互動的方式，想知道自己可以為這塊土地做些什麼。因此，除了思考、研究、書寫創作之外，彭明輝也關心時事，並實際投入農業、政治與社區的實務推動與觀察，曾經與朋友發起社區大學，並參與朋友的災區「九二一民報」與重建工作。也與美濃的朋友一起研究WTO與農業，積極參與生命教育，並曾擔任生命教育學會常務理事，關注政治時事與軍公教年金改革等。興趣廣泛、思考敏銳且具社會責任感的彭明輝致力於推廣跨領域學習、研究與對話，並積極撰寫文章，抒發己見，著有《糧食危機關鍵報告：臺灣觀察》、《生命是長期而持續的累積：彭明輝談困境與抉擇》、《活出生命最好的可能：彭明輝談現實與理想》、《欲望的美學：心靈世界的陷阱與門徑》等。

本文選自《生命是長期而持續的累積：彭明輝談困境與抉擇》，全文一再強調人的「生命是持續而不曾間斷的累積過程，不會因一時的際遇而毀了一個人的一生」，真正可能毀掉一個人的是因為一時的際遇不順而否定自我的長期努力，或失去未來的希望與努力的勇氣。本文是針對人生抉擇，包含升學、就業的取向，以及面對一時困境的應對態度等，從個人經驗提出建議。尤其是一般人認為極其嚴重的升學挫敗或困境，他反而認為這只是一時的際遇問題，在本質上對人生並無絕對的影響，這種觀點是頗值得一向迷思於名校、熱門科系的傳統觀念深刻省思的。

本文以「長期而持續的累積過程」來討論生命中面對困境與抉擇時的解答。作者先是從國人極為重視的升學考試談起，一般人都將能否考上理想中的學校而斤斤計較，甚至於視為人生的重大抉擇；如果不幸落榜或是失常，則又成了生命中的困境。作者以為，真正的能力是透過長期累積的過程，一時的僥倖考上理想的學校與一時的閃失而與心儀校系失之交臂，都是片段的際遇而已，未必等同真正的實力，更不會因此而決定一生的成敗。接著作者以自身的經歷為例，他曾在與大學生的對話中，發現學生經常不知道自己的長遠未來要扮演何種角色，而是執著於眼前的下一步抉擇，但這種抉擇卻只取決於片段的「際遇」造成的困擾。接著，作者再以自己求學、工作的經歷強調一時的際遇或困境並不會對生命的本質造成決定性的影響，改變的只是短時間內的處境或是生命歷程中的順序而已。彭明輝表示，在他求學歷程中，早已定下不為學位而讀書的目標，但並不代表他在大學期間放棄學習，而是更積極的去追求人文科學中的文學、藝術與哲學等，雖然這些興趣減緩了他的理科專業積累進度，以至於同學幾乎都要從國外取得博士回來時，彭明輝才正要整裝出國讀博士。但經過較為漫長的積累過程，他不僅在人文學科有著深厚的功柢，在控制學門的專業領域也累積的豐厚的成果，因此在短短兩年的時間就取得劍橋大學的博士學位，成為別人欽羨與佩服的成功人士。然而，作者清楚的揭示，世俗的眼光經常就是只注意到他人在特定時間時點展現的成果，但卻忽視此刻的的成果是歷經長期的累積而來。

文中也提到順序的抉擇其實只是一時的，造成的差異也只是短期的，人生中決定最終成果的往往不是順序，而是能否堅持長期不斷的累積。彭明輝以學生們對於先工作或是先讀研究所的焦慮為例，認為這是「朝三暮四」與「朝四暮三」的關係，本質上是沒有差異的。因為當我們已決定未來要讀研究所時，就確認要將時間分給工作與進修，這只是順序問題，但在漫長的人生中的能力累計是沒有差異的。所以作者才會提到，當我們面對兩個可能方案而焦慮不知如何抉擇時，往往代表這兩個方案是一樣好，或是一樣壞，先選哪一個對個人的未來影響其實是不大的，真正重要的是我們在決定後能否不斷積累能力與投入熱情，最後該得的絕對不會少，不該得的也不會多給。比如作者長期將所有的心力投入理工與人文的研究，幾乎比別人多花了一倍心力，雖然成了別人眼中不務正業且拖延獲得博士的時間，但事實上在長期的累積之下，作者最終在這兩個領域都能獲得成就與滿足。

文章最後作者提到個人覺得自身似乎未曾有過困境，這其實源於個人面對生命關鍵際遇時的自信與從容態度。因為一般人所認定的困境，往往是短暫的不順際遇或焦慮，這些情況彭明輝也確實經歷過，但他憑藉著充分的自信都能淡然處之，這並非不切實際的自大，而是自己知道個人生命中已有長期而持續地累積過程，在這過程中已儲備了充足的能量，因此面對任何的際遇，都有足夠的能力應對。

本文透過個人的經驗討論現代年輕學子面對事業、課業的困境與選擇時，給予思考與實踐方向的建議。希望年輕人能持續累積各種能力，讓個人的生命充實且富有。若能如此，在面對一時際遇所產生的困境時，能夠積極面對並從容抉擇。（曾金承）

問題與討論

1. 本文中提到「功不唐捐」是何意？在你個人的經驗中是否有過正面印證的經驗？如果沒有，請試著思考其可能的原因。
2. 你滿意目前就讀的校系嗎？如果不滿意，在讀完本文後，對你是否有所啓發？
3. 請談談你曾經面對的困境與選擇，並思考是否與本文的觀點相符。

延伸閱讀

1. 黃崑巖等：《給大學新鮮人的12封信》，臺北：聯經出版事業公司，二〇〇八年。
2. 蔡佳璇、葉品希：《你需要的是休息，而不是放棄：哇賽療心室，19道練習陪你解鎖人生難題》，臺北：遠見天下文化出版股份有限公司，二〇二二年。
3. 吳兆田：《引導反思的第一本書》，臺北：五南圖書出版股份有限公司，二〇二二年。

二、閱讀之美

引論

陳政彥

二〇二三年，ChatGPT橫空出世，開啟了人工智能AI的新時代，目前AI可以幫忙作畫、撰稿、譜曲唱歌、甚至拍電影。甚至過不了多久，搭配超強AI人工智能的機器人也即將量產上市了。在這個AI人工智慧取代有血有肉的人類，處理更多事務的時代裡，我們必須要正視並且思考的大哉問是，「人」之所以存在的價值與意義何在？

如果單純要比速度、效率、正確程度，人當然比不過電腦。AI一秒生成的許多成果，可能是人類花幾天、幾個月都難以達成的程度。那麼，我們是否仍然要跟AI比速度比產量呢？我們是否仍然要循著上一個世紀的步伐，一切都用死板的績效與數據來考核人類的成就呢？

人與機器更大的不同，AI只能快速完成事務性的工作，唯有人能進行有溫度、有情感的深度思考；唯有人在面對大自然壯麗景色與人文藝術傑作之後能由衷讚嘆美的存在。即使AI能夠廣博搜尋資料，快速擷取重點，但惟有「人」能讀「懂」文字資料背後的意義。所以我們學習閱讀之美，就是為了讓人活得像人，而非一台電腦、一部機器。

為此，本單元收錄了四篇文章，陶淵明的〈讀山海經〉，以詩作表達讀書的愉悅，同學們上大學後讀書已經不是為了升學，而是為了自己的成長，也擁有更多時間可以自由涉獵自己喜愛的書籍。因此陶淵明寫讀書悠然暢快之感，希望大家都能體會不為別人不為考試，只為自己讀書的快樂。蒲松齡的〈羅剎海市〉透過小說，讓我們見識到一個以醜為美的顛倒世界，也讓我們反省，如果連美醜這種人最本能的感受，很大程度都是由社會所建構而成的話，那麼我們自以為做自己的種種行動，是否很大程度上，也是被操弄傳播媒體的人所控制了呢？蔣勳的〈第三封信：空〉，透過古老道家思想給予我們關於美的啟示，要能真正鑑賞生活中的美好事物，首先要從悠閒，不以功利計算考量的心境出發，讓我們把生命落實在眼前的花草樹木、一瓢一飲當中，已近乎禪的境界了。

美的鑑賞不應只是流於文字，更應該是落實在真實的生命經驗中，蘇東坡的寒食帖寫於他被貶謫黃州之後的第三年，寄託了他生命的欷嘘感嘆，並不執著於書法成就，卻無意間造就蘇東坡書法的高峰，使寒食帖成為日後大家爭相收藏的名帖，我們實際欣賞其書法之美，也在文句中體會蘇東坡的生命故事。

誠然，AI將會是我們未來生活當中重要的工具，但更因如此，人的思維要更懷抱感情、更有同情心、同理心，才能夠駕馭這個強大的工具，運用得當。在閱讀當中成長，在生活當中審美，唯有我們變成更強而有力的人，AI才不會有替代人的可能。

讀《山海經》❶

陶淵明

選文

精衛銜微木❷，將以填滄海❸；形夭無千歲❹，猛志固常在。

❶《山海經》：全書十八卷，其中有《山經》五卷、《海經》十三卷。是記述我國古代神話傳說和海內外山川奇物異境的書。古人以為是夏禹、伯益所作，魯迅（西元1881～1936）《中國小說史略》以為是古代的巫書。曾經漢劉歆（西元前50～23）校訂，晉郭璞（西元276～324年）著有《山海經注》和《山海經圖讚》。

❷精衛：根據《山海經．北山經》的記載說：炎帝（神農氏）的小女兒名叫女娃，到東海遊玩時不幸溺死海中，死後精魂不散化成精衛鳥，天天叼著西山的木石去填東海。微木，小樹枝。

❸以：用來。滄海，大海，指東海。

❹形夭無千歲：宋曾紘改作「形天舞干戚」。因為這首詩是〈讀《山海經》〉十三首組詩中的第十首，組詩講求結構的統一性，既然前面歌詠《山海經》故事人物的詩篇都是一首一事，本首也當以歌詠一事為是。所以「形夭」和《山海經》中與天帝爭神的「形天」無關，是描述精衛身形短小的詞彙。全句的意思是：形體短小又沒有千年的壽命。

同物既無慮❺，化去不復悔❻。徒設在昔心❼，良辰詎可待❽。

作者與賞析

這首詩選自《陶淵明集》。作者陶淵明（西元365～427）又名潛，字元亮，自號五柳先生。潯陽柴桑（今江西九江市）人。是大將軍陶侃的曾孫，生於晉、宋之際，家道中落。從小生活貧苦，卻能領略讀書的樂趣，雅愛六經，又接受當代崇尚老莊自然的學風。為了生活，二十九歲進入官場任江州祭酒。因為無法調適官場生活，斷斷續續做了幾次小官，曾任鎮軍參軍、建威參軍等職；到四十一歲就任彭澤令八十多天後，便決心辭官歸田，不再出仕。宋文帝元嘉四年（西元427）六十三歲病故，私諡靖節。有《陶淵明集》傳世。

雖然辭官歸田，使陶淵明在個人事功上一無所成，而經常抒寫生活感懷——「常著文章自娛，頗示己志」（〈五柳先生傳〉）的寫作習慣，卻為他個人的田園隱逸生活經驗與情懷留下真實的紀錄，使他不僅成為中國首位的田園詩人，也是中國影響最深遠的三大詩人之一。

這首詩是陶淵明歸田後的作品，是〈讀《山海經》〉十三首組詩中的第十首。詩中藉精衛銜木填海的故事，抒發個人的感慨。頭兩句概括《山海經》的精衛故事：女娃遊東海不幸溺

---

❺同物既無慮：活著的時候已沒有思慮。

❻化去不復悔：死後再也沒有悔恨。

❼徒設在昔心：空有舊時的雄心壯志。

❽良辰詎可待：實現理想的好日子豈能等得到？詎，通「豈」。良辰，指實現雄心壯志的日子。

死海中，死後精魂不散化成精衛鳥，每天叼著西山的細木小草投入大海中，想用此填平東海。詩人以「微木」對比「滄海」，凸顯精衛完成填海志業的艱難度。接著，表達詩人對「精衛銜木填海」的看法：精衛鳥雖然身形短小又沒有千年的壽命，可是銜木填海的心願卻凌厲常存。生前既無思慮，死後也無憾恨。其中「猛志」一詞，詩人曾用以指稱自己年少的志業——「猛志逸四海」（〈雜詩〉之五），現在又用來指稱精衛填海的志願，是詩人透過「猛志」將精衛與自己做聯結，填海志業之於精衛正如年少志業之於詩人。所以詩尾「徒設在昔心，良晨詎可待」，既是詩人對精衛填海志業難成的慨嘆，也是對個人年少志業無成的悲嘆。這是詩人以他人的酒杯澆自己胸中的塊壘，藉歌詠精衛填海的故事抒發他個人的生存意識與悲情，表達他對光陰流逝、盛年不再、志業無成——「歲月擲人去，有志不獲騁」（〈雜詩〉之二）的感傷與感嘆。

陶淵明是首位將《山海經》故事寫入詩中的詩人，藉著詩歌的傳播，不只「精衛填海」的故事廣為人知，「精衛填海」也成為人們用以「比喻意志堅定，不懼艱苦」的成語。

讀了這首詩，不但使我們了解陶淵明所謂「好讀書，不求甚解，每有會意，便欣然忘食」的理由，也明白「開卷有得」的方法和「學貴有得」的道理。（鄭月梅）

問題與討論

1. 「精衛填海」在本詩中具有什麼作用？
2. 試以〈讀《山海經》〉為例，說明陶淵明的讀書態度與方法。
3. 古人「讀書致用」的說法，對你有怎樣的啓示呢？

4. 就你所知，談談古代神話傳說對現代文明的發展有哪些影響？

延伸閱讀

1. 〔東晉〕陶淵明：〈讀史述九章〉，收在於楊勇撰：《陶淵明集校箋》，臺北：正文，一九八七年。
2. 〔北宋〕蘇軾：〈問淵明〉，收錄於（北宋）蘇軾撰：《蘇東坡全集》，臺北：河洛圖書，一九七五年。
3. 〔北宋〕蘇軾：〈和陶讀《山海經》〉，收錄於（北宋）蘇軾撰：《蘇東坡全集》，臺北：河洛圖書，一九七五年。
4. 〔北宋〕蘇軾：〈精衛〉，收錄於（北宋）蘇軾撰：《蘇東坡全集》，臺北：河洛圖書，一九七五年。

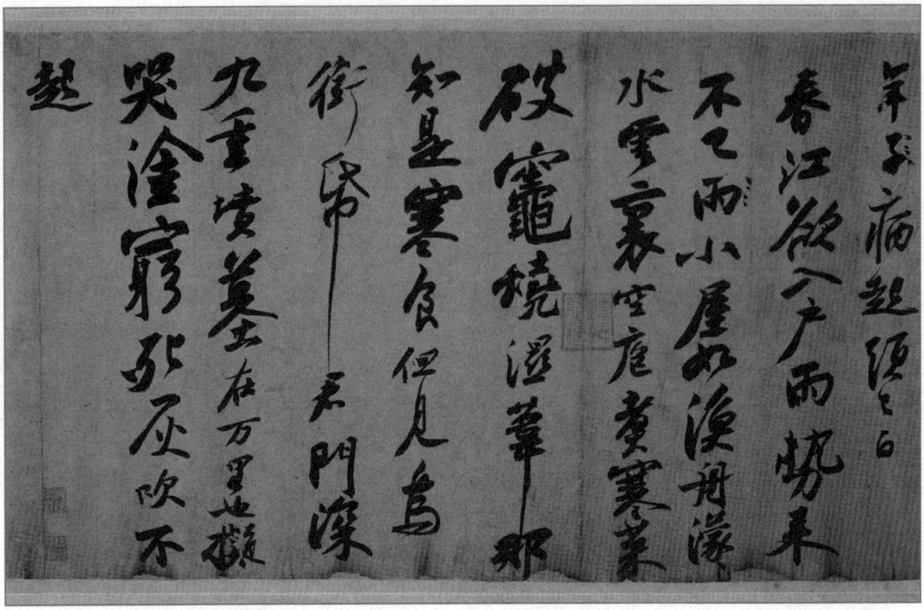

北宋蘇東坡書黃州寒食詩卷（節錄，取自國立故宮博物院藏品）

黃州寒食詩帖（節選）

蘇軾

選文

楷譯：

（首行，略）
春江欲入戶雨勢來
不已（雨）小屋如漁舟濛濛
水雲裏空庖煑寒菜
破竈燒濕葦那
知是寒食但見烏
銜帋君門深
九重墳墓在萬里也擬
哭塗窮死灰吹不
起

釋文：

春江欲入户／雨勢來不已（雨❶）／小屋如漁舟／濛濛❷水雲裏／空庖煮寒菜／破竈燒濕葦／那知是寒食／但見烏銜帋❸／君門深九重／墳墓在萬里／也擬哭塗窮❹／死灰吹不起❺

作者與賞析

《黃州寒食詩帖》乃蘇軾（西元1037～1101）大字行書代表作，紙本，縱三十四・二公分，橫一九九・五公分，全帖一二〇字，共十六行，每行字數少則五字，多則九字。末題「右黃州寒食二首」，無款。此帖真蹟現存臺北國立故宮博物院。

❶雨：「雨」字右邊四個點，表此字刪去不用。

❷濛濛：第二個「濛」字以一個點畫表之。

❸帋：即「紙」字。

❹也擬哭塗窮：《晉書・阮籍傳》載阮籍：「時率意獨駕，不由徑路，車跡所窮，輒痛哭而返。」言阮籍隨興地獨自駕車漫行，至無路可走之時，經常放聲大哭，再驅車回返。蘇軾言其欲效阮籍路盡而哭之舉，暗喻處於山窮水盡，無路可走之困境，內心抑鬱、悲傷。

❺死灰吹不起：蘇軾言其對政治毫不存有寄望，一如寒食節的大雨中，已浸濕的紙灰，再也不可能被點燃而隨風揚起。

蘇軾於宋元豐二年（西元1079）因烏臺詩案，貶為黃州團練副使，次年二月至黃州，依其原詩首句言：「自我來黃州，已過三寒食。」則此帖書於元豐五年寒食節。原詩二首，本帖所書乃第二首❻（如圖，取自臺北國立故宮博物院）。在中國書法史上，蘇軾不僅具有代表性，其亦是引領北宋開創尚意書風的重要書法家。他兼擅詩、詞、文、畫，融合詩文意境與繪畫學理於書法中，開創行書的新形式、新風貌，將行書的發展推向美的顛峰，締造與唐楷成就相互輝映的耀眼光芒。蘇軾重要的書學理論：「我書意造本無法，點畫信手煩推求❼。」他認為書法創作不應被動的遵循法度，表現法則美感；而應以書家主體的情意美感為前導，讓書法在自由無羈、縱情任性的揮灑中，呈具一種豁然開朗的境界。因此，他與黃庭堅、米芾在王羲之、獻之二王秀麗遒勁風格的小字行書之外，又拓展了氣勢雄渾的大行書，在當時形成著名的尚意書風。

茲觀此帖，筆勢縱放不拘，跌宕多姿。如圖「勢」、「來」、「如」、「漁」、「水」、「雲」，筆法使轉自如，毫無雕琢之跡；而第二個「濛」字以一個點畫緊接在第一個「濛」字

❻第一首詩：「自我來黃州/已過三寒食/年年欲惜春/春去不容惜/今年又苦雨/兩月秋蕭瑟/臥聞海棠花/泥污燕支雪/闇中偷負去/夜半真有力/何殊病少年（子）/病起鬚已白。」感嘆流謫黃州已三年，雖「年年欲惜春」，但「春去不容惜」，流露鬱鬱不得志之意，詩中並藉雨中的海棠花落之景，表其內心傷感之情。第二首先敘寫寒食節大雨滂沱之勢，再帶出生活之窘境與淒清，未寫謫居之抑悶心情。字裡行間，情景交融，故《唐宋詩醇》認為「二詩後作尤為精絕」。本文節錄第二首。

❼蘇軾〈石蒼舒醉墨堂〉，收錄於《蘇東坡全集》，臺北：世界書局，一九八九年十月六版，頁54。

之下，形成一體，頗見精心。又「葦」、「帋」二字豎畫任意延伸筆畫，呈具豎畫懸針收筆之遒勁美感，顯得出神入化。「重」、「墓」、「塗」、「窮」等字，筆畫多處相連，加以粗筆濃墨，有著豐厚圓潤之美。而帖中諸字結構，於奔暢的行筆中，仍堅實緊密，毫無鬆散脫落。此外，字與字之間布白，疏密交錯，如圖第三、四行較密；第六、七行較疏；第八、九行較密，而末行僅詩之末字「起」，下餘大片布白，顯得疏闊寬廣，也對右邊二行的緊密，產生均衡的作用。此帖於字體大、小的變化上，可看出蘇軾經由藝術美感形式的巧意安排，表現所面臨的生活景況與抑鬱情意。例如「水雲裏」三字，由小逐漸變大之後，續接的「空庖煮寒菜」亦是由小逐漸變大，既具漸層之美，又有節奏之感。而「破」、「竈」、「燒」、「寒」、「銜」、「帋」皆為大字，「濕」、「葦」、「食」、「但」、「見」、「君」則為小字，大小參差，變化無窮。另，「在萬里也」、「吹」乃小字，位於兩行的下方，雖被上方的「九重墳墓」、「哭塗窮」粗筆大字「壓著」，卻具有大小對比之美。

黃庭堅於帖後跋曰：「東坡此詩似李太白，猶恐太白有未到處，此書兼顧魯公、楊少師、李西臺筆意，試使東坡復為之，未必及此[8]。」山谷以詩仙李白喻之，推崇之意，表露無遺；而此帖調融魯公、景度、李西臺三家筆意，兼備渾厚、遒逸和秀勁之眾美。是故，董其昌言：「生平見東坡先生真跡，不下三十餘卷，必以此為甲觀[9]。」董氏之言，可見後人對《黃州寒食詩帖》讚譽有加。

大抵蘇軾行書所展現之形式美感，有著獨特的韻致，以及文士的風格。他的字用墨特濃，

❽黃庭堅書《黃州寒食詩帖》跋文。

❾董其昌書《黃州寒食詩帖》跋文。

自成妙趣，無墨豬之病；筆畫線條粗重豐厚，字形樣貌多元而充滿變化。蘇軾字之結體雖略呈欹斜，但他認為：「短長肥瘠各有態，玉環飛燕誰敢憎[10]。」又說：「貌妍容有顰，璧美何妨橢[11]？」即連時人批評蘇軾的「戈」字多成病筆，或有的字左秀右枯時，黃庭堅不免也要為蘇軾辯白說：「殊不知西子捧心而顰，雖其病處，乃自成妍[12]。」故蘇軾書法在厚重欹斜中，不僅不流於刻板怪誕，且自成其「東坡體」之獨特美感。而蘇軾融合筆觸與心靈的躍動，將書法與情意化為一體，流露於字裡行間，呈現淒清寒涼景況中的抑鬱悶窒之情，賞閱此帖，無不動人心弦。（陳靜琪）

問題與討論

1. 漢字書法與電腦字體，在二十一世紀的時代裡，各有其不同的意義與價值。茲從文化創意產業、科技媒體運用之層面，討論之。
2. 你認為一幅優質的書法作品，應具有哪些美感條件？

---

⑩ 蘇軾〈孫莘老求墨妙亭記〉，收錄於《蘇東坡全集》，臺北：世界書局，一九八九年十月六版，頁70。

⑪ 蘇軾〈和子由論書〉，收錄於《蘇東坡全集》，臺北：世界書局，一九八九年十月六版，頁42。

⑫ 黃庭堅《山谷題跋》卷五，收入《宋人題跋》，臺北：世界書局，一九九二年三月四版，頁228。

延伸閱讀

1. 楊家駱主編：《宋人題跋》（上）、（下）冊，臺北：世界書局印行，一九九二年三月四版。
2. 楊家駱主編：《宋元人書學論著》，臺北：世界書局印行，一九八八年五月。
3. 〔北宋〕蘇軾撰：《蘇東坡全集》（上）、（下）冊，臺北：世界書局印行，一九八九年十月。
4. 臺灣國立故宮博物院網站http://tech2.npm.gov.tw/sung/html/graphic/c_t2_1_a11.htm。

《聊齋誌異》〈羅剎海市〉

蒲松齡

選文

馬驥，字龍媒，賈人❶子。美丰姿❷。少倜儻❸，喜歌舞。輒從梨園子弟❹，以錦帕纏頭，美如好女，因復有「俊人」之號。十四歲，入郡庠❺，即知名。父衰老，罷賈而居。謂生曰：「數卷書，饑不可煮，寒不可衣。吾兒可仍繼父賈。」馬由是稍稍權❻子母❼。從人浮海❽，爲颶風引❾去，數晝夜，至一都會。其人皆奇醜；見馬至，

❶賈人：ㄍㄨˇ。商人。
❷丰姿：ㄈㄥ ㄗ容貌姿態。
❸倜儻：ㄊㄧˋ ㄊㄤˇ。卓越豪邁，灑脫不受約束。
❹梨園子弟：泛稱表演戲曲的藝人。
❺郡庠：科舉時代稱地方府學為「郡庠」
❻權：衡量計算。
❼子母：子，盈利；母，本金。
❽浮海：乘船航行。
❾引：拖拉領導。

以爲妖，羣譁[10]而走。馬初見其狀，大懼；迨知國人之駭己也，遂反以此欺國人。遇飲食者，則奔而往；人驚遁，則啜[11]其餘。久之，入山村，其間形貌亦有似人者，然襤褸[12]如丐。馬息樹下，村人不敢前，但遙望之。久之，覺馬非噬人者，始稍稍近就之。馬笑與語。其言雖異，亦半可解。馬遂自陳所自。村人喜，偏告鄰里，客非能搏噬[13]者。然奇醜者望望即去，終不敢前。其來者，口鼻位置，尚皆與中國同。共羅[14]漿酒[15]奉馬。馬問其相駭之故。答曰：「嘗聞祖父言：西去二萬六千里，有中國，其人民形象率詭異。但耳食[16]之，今始信。」問其何貧。曰：「我國所重，不在文章，而在形貌。其美之極者，爲上卿；次任民社[17]；下焉者，亦邀[18]貴人寵，故得鼎烹[19]以養妻子。若我輩初生時，父母皆以爲不祥，往往置棄之；其不忍遽棄者，

[10] 譁：大聲喧鬧、吵雜、驚呼。
[11] 啜：吃、喝。
[12] 襤褸：ㄌㄢˊ ㄌㄩˇ。破爛的衣服。
[13] 搏噬：搏，打擊、攻擊；噬，吃。
[14] 羅：備置。
[15] 漿酒：漿汁酒品。
[16] 耳食：耳聞未親見。
[17] 民社：人民與社稷。
[18] 邀：招請。
[19] 鼎烹：以鼎烹食，謂生活優渥。

皆爲宗嗣[20]耳。」問：「此名何國？」曰：「大羅剎國。都城在北，去三十里。」馬請導往一觀。於是雞鳴而興，引與俱去。天明，始達都。都以黑石爲牆，色如墨。樓閣近百尺。然少瓦，覆以紅石；拾其殘塊磨甲上，無異丹砂。時值朝退，朝中有冠蓋官員出，村人指曰：「此相國也。」視之，雙耳皆背生，鼻三孔，睫毛覆目如簾。又數騎出，曰：「此大夫也。」以次各指其官職，率猙獰怪異；然位漸卑，醜亦漸殺。

無何，馬歸，街衢人望見之，譟奔跌蹶，如逢怪物。村人百口解說，市人始敢遙立。既歸，國中無大小，咸知村有異人，於是搢紳[21]大夫，爭欲一廣見聞，遂令村人要馬。然每至一家，閽人[22]輒闔戶[23]，丈夫女子竊竊自門隙[24]中窺語；終一日無敢延見者。村人曰：「此間一執戟郎[25]，曾爲先王出使異國，所閱人[26]多，或不以子爲懼。」造郎門。郎果喜，揖爲上賓。

---

[20] 宗嗣：祭祀祖宗，香火。

[21] 搢紳：古時官吏插笏於紳帶間，故稱仕宦為搢紳，地方紳士也稱搢紳。

[22] 閽人：ㄏㄨㄣ。門房。

[23] 闔戶：緊閉門戶。

[24] 隙：ㄒㄧˋ。隙，裂縫、孔穴。

[25] 執戟郎：古代警衛宮門的官員。

[26] 閱人：觀看、觀察人。

視其貌，如八九十歲人。目睛突出，鬚卷如蝟。曰：「僕少奉王命，出使最多，獨未嘗至中華。今一百二十餘歲，又得睹上國人物，此不可不上聞於天子。然臣臥林下[27]，十餘年不踐朝階，早旦，爲君一行。」

乃具飲饌，修主客禮。酒數行，出女樂十餘人，更番歌舞。貌類如夜叉，皆以白錦纏頭，拖朱衣及地。扮唱不知何詞，腔拍詼詭[28]。主人顧而樂之。問：「中國亦有此樂乎？」曰：「有。」主人請擬其聲，遂擊桌爲度一曲。主人喜曰：「異哉！聲如鳳鳴龍嘯，得未曾聞。」翼日，趨朝，薦諸國王。王忻然[29]下詔。有二三大臣，言其怪狀，恐驚聖體，王乃止。郎出告馬，深爲扼腕。

居久之，與主人飲而醉，把劍起舞，以煤塗面作張飛。主人以爲美，曰：「請客以張飛見宰相，宰相必樂用之，厚祿不難致。」馬曰：「嘻！游戲猶可，何能易面目圖榮顯？」主人固強之，馬乃諾。主人設筵，邀當路者[30]飲，令馬繪面以待。未幾，客至，呼馬出見客。客訝曰：「異哉！何

[27] 臥林下：謂退隱閒居。
[28] 詼詭：謂旋律無起伏而奇詭。
[29] 忻然：欣然，愉悅貌。
[30] 當路者：身居要津掌握政權者。

前媸㉛而今妍㉜也！」遂與共飲，甚懽。馬婆娑㉝歌「弋陽曲㉞」，一座無不傾倒。明日，交章薦馬。王喜，召以旌節㉟。既見，問中國治安㊱之道，馬委曲㊲上陳，大蒙嘉歎，賜宴離宮㊳。酒酣，王曰：「聞卿善雅樂，可使寡人得而聞之乎？」馬即起舞，亦效白錦纏頭，作靡靡之音㊴。王大悅，即日拜下大夫。時與私宴，恩寵殊異。久而官僚百執事，頗覺其面目之假；所至，輒見人耳語，不甚與款洽㊵。馬至是孤立，憪然㊶不自安。遂上疏乞休致㊷，不許；又告休沐㊸，乃給三月假。於是乘傳㊹載金寶，復歸山村。

㉛媸：ㄔ。相貌醜陋。
㉜妍：ㄧㄢˊ。豔麗、美好。
㉝婆娑：ㄆㄛˊ　ㄙㄨㄛ。舞蹈的樣子。
㉞弋陽曲：簡稱「弋腔」，戲曲聲腔，由宋元南戲在江西弋陽的方言、音樂與北曲結合而成。
㉟旌節：古時使臣所執的符節，用以示信。又指君上的信物。
㊱治安：治國安民之道。
㊲委曲：委婉曲折。
㊳離宮：古代帝王出巡時的行宮。
㊴靡靡之音：靡靡，頹廢淫蕩；指使人沉溺享樂而忽略國事，進而導致亡國之樂曲。
㊵款洽：誠懇周到，情意融洽。
㊶憪然：ㄒㄧㄢˋ。憤怒不安。
㊷休致：官吏因年老體衰而退休。
㊸休沐：休息沐浴，古時官吏五日或十日一休沐，即現今的休假。
㊹傳：ㄓㄨㄢˋ。達命令的驛車或官府載人的馬車，亦

村人膝行以迎。馬以金貲㊺分給舊所與交好者，懽聲雷動。村人曰：「吾儕小人受大夫賜，明日赴海市，當求珍玩，用報大夫。」問：「海市何地？」曰：「海中市，四海鮫人㊻，集貨珠寶；四方十二國，均來貿易。中多神人游戲。雲霞障天，波濤間作。貴人自重，不敢犯險阻，皆以金帛付我輩，代購異珍。今其期不遠矣。」問所自知，曰：「每見海上朱鳥往來，七日即市。」馬問行期，欲同游矚。村人勸使自貴。馬曰：「我顧㊼滄海客，何畏風濤？」

未幾，果有踵門㊽寄貲者，遂與裝貲入船。船容數十人，平底高欄。十人搖櫓，激水如箭。凡三日，遙見水雲幌漾㊾之中，樓閣層疊；貿遷㊿之舟，紛集如蟻。少時，抵城下。視牆上磚，皆長與人等。敵樓51高接雲漢52。維舟53而入，見市上所陳，奇珍異寶，光明射眼，多人世所無。一少年乘駿

專指馬車。

㊺金貲：ㄗ。金錢財物。

㊻鮫人：傳說居住在南海中的人魚，善織絹紗。

㊼顧：從前，以往。

㊽踵門：登門，親至其門。

㊾幌漾：水浮動盪漾的樣子。

㊿貿遷：搬有運無，互相交易。

51敵樓：築於城牆上，用來瞭望敵人的樓臺。

52雲漢：銀河。

53維舟：維，繫；繫纜泊舟。

馬來，市人盡奔避，云是「東洋三世子。」世子過，目生曰：「此非異域人。」即有前馬者來詰鄉籍。生揖道左，具展邦族。世子喜曰：「既蒙辱臨，緣分不淺！」於是授生騎，請與連轡。乃出西城。方至島岸，所騎嘶躍入水。生大駭失聲。則見海水中分，屹如壁立。俄睹宮殿，玳瑁爲梁，魴鱗作瓦；四壁晶明，鑑影炫目。下馬揖入，仰見龍君在上，世子啓奏：「臣游市廛[54]，得中華賢士，引見大王。」生前拜舞。龍君乃言：「先生文學士，必能衙官屈、宋[55]。欲煩椽筆[56]賦『海市』，幸無吝珠玉[57]。」生稽首受命。授以水精之硯，龍鬣之毫，紙光似雪，墨氣如蘭。生立成千餘言，獻殿上。龍君擊節曰：「先生雄才，有光水國多矣！」遂集諸龍族，讌集[58]采霞宮。酒炙數行，龍君執爵而向客曰：「寡人所憐女，未有良匹[59]，願累先生。

[54] 市廛：市中的商店，亦指商店雲集之地。
[55] 衙官屈、宋：以屈原、宋玉為屬官，義指文藝超越屈原、宋玉。
[56] 椽筆：ㄔㄨㄢˊ。晉代王珣夢見有人給他一隻粗大如椽的筆，便認為將有大手筆的事發生。不久果然皇帝駕崩，因為王珣文筆極佳，所有的哀冊諡議，皆由王珣草擬。
[57] 珠玉：比喻文辭富麗華美。
[58] 讌集：讌，宴；宴飲聚會。
[59] 良匹：佳偶。

先生倘有意乎？」生離席愧荷[60]，唯唯而已。龍君顧左右語，無何，宮人數輩，扶女郎出。佩環聲動，鼓吹暴作，拜竟睨之，實仙人也。女拜已而去。少時，酒罷，雙鬟挑畫燈，導生入副宮，女濃妝坐伺。珊瑚之牀，飾以八寶；帳外流蘇，綴明珠如斗大；衾褥皆香耎[61]。天方曙，則雛女妖鬟，奔入滿側。生起，趨出朝謝。拜爲駙馬都尉。以其賦馳傳諸海。諸海龍君，皆專員來賀，爭折簡[62]招駙馬飲。生衣繡裳，駕青虬，呵殿[63]而出。武士數十騎，皆雕弧[64]，荷白棓[65]，晃耀塡擁。馬上彈箏，車中奏玉。三日間，徧歷諸海。由是「龍媒」之名，譟於四海。

宮中有玉樹一株，圍[66]可合抱；本[67]瑩澈，如白琉璃，中有心，淡黃色；稍細於臂；葉類碧玉，厚一錢許，細碎有濃陰，常與女嘯咏其下。花開滿樹，狀類薝蔔[68]，每一瓣落，鏘然作響。拾視之，如赤瑙雕鏤，光明可愛。

[60] 愧荷：謂受惠承情而感愧不安。

[61] 耎：ㄖㄨㄢˇ。柔軟。

[62] 折簡：形制較短的柬帖。

[63] 呵殿：古代官員出行，儀衛前呵後殿，喝令行人讓道。

[64] 雕弧：雕刻紋路圖案的弓。

[65] 白棓：ㄅㄤˋ。大棍、大杖。

[66] 圍：樹幹。

[67] 本：樹根。

[68] 薝蔔：香樹名，即梔子樹。

時有異鳥來鳴，毛金碧色，尾長於身，聲等哀玉[69]，惻[70]人肺腑，生每聞輒念鄉土，因謂女曰：「亡出三年，恩慈[71]間阻，每一念及，涕膺汗背。卿能從我歸乎？」女曰：「仙塵路隔，不能相依。妾亦不忍以魚水之愛，奪膝下之歡。容徐謀之。」生聞之，泣不自禁。女亦歎曰：「此勢之不能兩全者也！」

明日，生自外歸，龍君曰：「聞都尉有故土之思，詰旦[72]趣裝[73]，可乎？」生謝曰：「逆旅孤臣，過蒙優寵，啣報[74]之誠，結於肺肝。容暫歸省，當圖復聚耳。」入暮，女置酒話別，生訂後會，女曰：「情緣盡矣。」生大悲。女曰：「歸養雙親，見君之孝。人生聚散，百年猶旦暮耳，何用作兒女哀泣？此後妾爲君貞，君爲妾義，兩地同心，即伉儷也，何必旦夕相守，乃謂之偕老乎？若渝此盟，婚姻不吉。倘慮中饋[75]乏人，納婢可耳。更有一事相囑：『自奉裳衣，似有佳朕[76]，煩君命名。』」生曰：「其女耶，

[69] 哀玉：如玉聲凄清的音響。
[70] 惻：悲痛。
[71] 恩慈：恩，父；慈，母。
[72] 詰旦：明朝、翌晨。
[73] 趣裝：速整行裝。
[74] 啣報：銜環報恩。
[75] 中饋：指家中供膳諸事，借指妻子。
[76] 佳朕：佳兆，好的徵兆，義指有孕。

可名龍宮；男耶，可名福海。」女乞一物爲信，生在羅刹國所得赤玉蓮花一對，出以授女。女曰：「三年後四月八日，君當泛舟南島，還君體胤⑦⑦。」女以魚革爲囊，實以珠寶，授生曰：「珍藏之，數世喫著⑦⑧不盡也。」天微明，王設祖帳⑦⑨，餽遺甚豐。生拜別出宮。女乘白羊車，送諸海涘⑧⓪。生上岸下馬，女致聲珍重，回車便去，少頃便遠。海水復合，不可復見，生乃歸。

自浮海去，咸謂其已死；及至家，家人無不詫異。幸翁媼無恙，獨妻已他適。乃悟龍女「守義」之言，蓋已先知也。父欲爲生再婚，生不可，納婢焉。謹志三年之期，泛舟島中，見兩兒坐浮水面，拍流嬉笑，不動亦不沉。近引之，兒啞然捉生臂，躍入懷中。其一大啼，似嗔生之不援己者，亦引上之。細審之，一男一女，貌皆婉秀，額上花冠綴玉，則赤蓮在焉。背有錦囊，拆視，得書云：「翁姑計各無恙。忽忽三年，紅塵永隔；盈盈一水，青鳥難通。結想爲夢，引領⑧①成勞，茫茫藍蔚，有恨如何也！顧念奔月姮娥，

⑦⑦體胤：親生的後代。

⑦⑧喫著：吃穿，義指生活所需。

⑦⑨祖帳：古代送人遠行，在郊外路旁為餞別而設的帷帳，亦指送行的酒筵。

⑧⓪海涘：ㄙˋ。海邊。

⑧①引領：伸直脖子向遠處眺望，形容殷切期待的樣子。

且虛桂府；投梭織女，猶悵銀河。我何人斯，而能永好？興思及此，輒復破涕為笑。別後兩月，竟得孿生。今已啁啾[82]懷抱，頗解笑言；覓棗抓梨，不母可活，敬以還君。所貽赤玉蓮花，飾冠作信。膝頭抱兒時，猶妾在左右也。聞君克踐舊盟，意願斯慰。妾此生不二，之死靡他。奩[83]中珍物，不蓄蘭膏[84]；鏡裏新妝，久辭粉黛[85]。君似征人[86]，妾作蕩婦[87]，即置而不御，亦何得謂非琴瑟哉？獨計翁姑亦既抱孫，曾未一覿新婦，揆[88]之情理，亦屬缺然。歲後阿姑[89]窀穸[90]，當往臨穴[91]，一盡婦職。過此以往，則『龍宮』無恙，不少把握[92]之期；『福海』長生，或有往還之路。伏惟珍重，不盡欲言。」生反復省書攬涕，兩兒抱頸曰：「歸休乎！」生益慟，撫之曰：「兒知家在何

[82] 啁啾：ㄓㄡ ㄐㄧㄡ。形容幼兒學話的聲音。
[83] 奩：ㄌㄧㄢˊ。古代盛梳妝用品的匣子，泛指盛放器物的匣子。
[84] 蘭膏：古代用澤蘭子煉製的油脂，可以點燈，也是潤髮香油。
[85] 粉黛：白粉和黑粉，梳妝用品。
[86] 征人：遠行的人，又指出征或戍邊的軍人。
[87] 蕩婦：蕩子婦，義指夫君遠行獨守空閨的婦人。
[88] 揆：揣測，推想。
[89] 阿姑：婆婆。
[90] 窀穸：ㄓㄨㄣ ㄒㄧ。墓穴。
[91] 穴：墓穴。
[92] 把握：握手、互相執手。

許？」兒亟啼，嘔啞言歸。生望海水茫茫，極天無際，霧鬟人渺，煙波路窮。抱兒返棹[93]，悵然遂歸。

生知母壽不永，周身物悉爲預具，墓中植松檟[94]百餘。逾歲，媼果亡。靈轝[95]至殯宮[96]，有女子縗絰[97]臨穴。眾方驚顧，忽而風激雷轟，繼以急雨，轉瞬間已失所在。松柏新植多枯，至是皆活。

福海稍長，輒思其母，忽自投入海，數日始還。龍宮以女子不得往，時掩戶泣。一日，晝暝，龍女急入，止之曰：「兒自成家，哭泣何爲？」乃賜八尺珊瑚一樹、龍腦香一帖、明珠百顆、八寶嵌金合一雙，爲作嫁資。生聞之，突入，執手啜泣。俄頃，疾雷破屋，女已無矣。

異史氏曰：「花面[98]逢迎，世情如鬼。嗜痂之癖[99]，舉世一轍。『小慚[100]

[93] 返棹：ㄈㄢˇ ㄓㄠˋ。乘船返回。泛指還歸。
[94] 檟：ㄐㄧㄚˇ。楸樹或茶樹。
[95] 靈轝：ㄌㄧㄥˊ ㄩˊ。神靈乘坐的車駕，即靈車。
[96] 殯宮：停放靈柩的房舍，指墳墓。
[97] 縗絰：ㄘㄨㄟ ㄉㄧㄝˊ。喪服。
[98] 花面：如花的臉，形容貌美。
[99] 嗜痂之癖：嗜，喜愛；痂，瘡口結的硬殼；癖，積久的嗜好。原指愛吃瘡痂的癖性，後形容怪癖的嗜好。
[100] 慚：自覺不善。

小好[101]，大慚大好』；若公然帶鬚眉[102]以游都市，其不駭而走者，蓋幾希矣。彼陵陽癡子[103]，將抱連城玉[104]向何處哭也？嗚呼！顯榮富貴，當於蜃樓海市中求之耳！」

作者與賞析

本篇全名「羅剎海市」，就單純字面結構而言，可以解構為「羅剎海市」、「羅剎—海市」、「羅剎海—市」等三大面向。然而綜觀故事全體，主人公馬驥分別在「大羅剎國」、「海市」兩處遭逢迥異的人生境界，所以將篇名結構理解為「羅剎—海市」較為合理。換言之，故事書寫者蒲松齡（西元1640-1715）意欲表述的，是發生於兩個聯結澹泊處所的事蹟。

主人公馬驥美顏倜儻，形貌佼佼，又精於文藝，能歌善舞，頗受稱譽。進學求文章爾後，聲名鵲起，又可見其學問辭藻亦受肯定。文才技藝體貌皆優，顯然當是世人欽羨，就此發展，或者榮華富貴將至。然而父親勸賈棄學的建議，導致馬驥經歷了可能未曾預料到的人生體驗。父親勸賈棄學的言論，看似無心而純就現實生活利益考量，然而其中是否蘊藏人生經驗的積累以及對於世俗現實的透視，則相當耐人尋味。

---

101 好：喜好。

102 帶鬚眉：義指展露真心、真面目。

103 陵陽癡子：即楚國厲王時期的卞和，三獻和氏璧。

104 連城玉：價值連城的寶玉。

馬驥登船赴海外商貿，船隻為颶風牽引漂流至異域外邦，開始截然不同的人生際遇，是蒲松齡故事書寫的慣用技法。如是技法的創制原因其實不難理解：一是增加故事趣味與可信，海外奇事，本來就引人耳目，而且無從查驗，信者益信。二是避禍自保，倘若故事蘊涵諷諭，直言中國當下，雖然意境明瞭，但是不免有所得罪，為免肇禍，虛擬徒構最佳。

大羅剎國顧名思義，重點在於「羅剎」。「羅剎」（Rākṣasa），在佛教中被歸屬於有福德、威神力的強大鬼神，是密宗十二天中西南方的護法神。基本上沒有恐怖、醜陋的意思，而「大羅剎國」人貌醜令人生畏，大概是因為當時的中國人強化了對於俄羅斯（Rossiya）人的仇恨、誤解以及厭惡。「大羅剎國」人以貌醜為上，加官晉爵、榮華富貴，全憑中國人眼中的醜陋形貌。馬驥面貌與「大羅剎國」人兩極對照，當然在該地備受排斥，毫無所重，即使衣著飲食、屋舍交通、官僚制度與中國無甚歧異，而社會價值觀卻差異巨大。馬驥在「大羅剎國」雖然初受波折，然而在退隱執戟郎的協助之下，改換容貌，終而得取厚祿高官。然而，虛假的面貌始終是眾人懷疑的對象，馬驥在質疑之下總是惴惴不安，最後只好選擇退離出走。馬驥在「大羅剎國」的遭遇，表面曲折，實而簡單，即「失敗—成功—失敗」，唯一的重點就是面貌。「大羅剎國」人說，他們只重面貌、不論文章，與中國不同，然而有趣的是，無論所重是美是醜，人的面貌在治國安民、綏疆靖土各方面，真能派上用場嗎？即便是中國所重視的所謂「文章」，也不見得能暢其所用吧！

「海市」是馬驥的人生得意際遇，面容優美、文才奕奕的馬驥深受美貌龍宮公主的青睞，委身相從，官封駙馬都尉，位高權重，又承應龍王盛邀，撰寫〈海市賦〉，由是四海傳頌，極負盛名。龍宮金玉奇構、珍寶靈樹齊集，一如傳說中的西方極樂淨土。然而，美妻厚爵、盛名財寶，依然無法紓解馬驥的思親之情，漂泊三載，馬驥終於回到故土。

故事至此，本來可以圓滿收場，然而蒲松齡依舊為了馬驥的海外遭遇進行了一番結尾。包括髮妻下堂求去，孿生兒女的到來，龍宮公主堅貞不移、為公婆盡孝、為子女克盡母責。這些橋段看似無奇，然而是否蘊藏著世間真情難覓的看法，頗值推敲。

〈羅剎海市〉篇幅巨大，若干文句繁冗，就文辭言不見得能屬佳作，而其意寓所在，則常為讀者議論。世間高官得坐、駿馬得騎者，看似道貌岸然、凜凜威風，而所展現的，就是這些人的真實面目與真心嗎？或許「大羅剎國」那些世俗認定外貌極醜者，才是所謂真相，或許良善的真心真面貌並非世人所好。儀態、技藝、文章皆勝的馬驥，不僅在「大羅剎國」一籌莫展，在中國也不見得就能受用，唯有處於「海市」才能盡展其能，而「海市」是什麼？又在何處？「海市」就是「海市蜃樓」，一個虛無飄渺全然不存在、只存在於個人幻想中的場域，或許，如馬驥所遇，只能在於虛無幻想當中。（馮曉庭）

問題與討論

1. 本篇以「容貌」與「文章」為鋪陳主軸，試圖展現世人多數目大不睹而且價值觀昏闇錯亂。時至今日，世間諸人是否依然如此？是否因為時空環境異動又產生不同往日的障蔽與限制。
2. 蒲松齡認定美好能被承認、真情能被肯定、英才能有發揮，都是只能存在於海市蜃樓當中的虛幻夢想。如是的觀點是不是會打擊年輕讀者的淑世理想？如是的現象在當今社會是不是已然有所破解消弭。
3. 利用世人對於海外世界的幻想與不解塑造神奇故事，中外皆是，然而自從大航海時代（十五世紀—

十七世紀）以來，西方的域外描述顯然逐漸偏重現實與科學而淡化幻想與迷信，中國則不然，至少在十九末期，對於域外的描述仍然是恐懼、迷信、幻想的集合體。如是的現象，是否已經先決地設定了近世西方與中國的差異，也呈現了兩個文化的基本差異？

延伸閱讀

1. 陳弟：《東番記》。
2. 蒲松齡：《聊齋誌異・夜叉國》。
3. 袁枚：《子不語・奉行初次盤古成案》。

第三封信：空

蔣勳

選文

阿民

　　陽光在很高很高的地方，使我忍不住抬頭去看。隔著街道，對面的公寓似乎猶未甦醒。這是一個假日的早晨。黎明的光才剛剛照射到公寓頂端。我借著那光的移動，瀏覽著每一間公寓陽台上的盆栽。盆栽的植物很不一樣，擺置的方法也不相同。有的色彩斑斕，一盆一盆的花，似乎有意搭配成紅的、黃的、紫的色彩；有的盆栽，只是一色單純的綠色，看起來素淨不喧嘩，卻也有樸素內斂的風格。有的陽台上種的都是仙人掌，毛森森的，直直站立，沒有太多姿態，或許是主人覺得比較容易照顧吧。我注意到有一個陽台，種的似乎都是香草，比較容易認出來的，有小葉子的迷迭香，特別青翠的薄荷，葉尖向上一叢一叢的九層塔，開紫色花的薰衣草，甚至還有小株栽種在盆子裡卻也結實纍纍的檸檬，和一種小型柑橘。隔得很遠，我想像那個充滿了各種香草氣味的陽台，每一片葉子，每一蕾花朵，每一粒果實，都釋放著香芳的氣味，好像比賽著透露心裡的愉悅，迎接這個假日的黎明。

我嗅著自己手中一杯浮盪著香氣的茶，湊在鼻前，慢慢嗅著，因爲是假日嗎？我有足夠的悠閒，從容地去感覺自己的身體。

那茶的芳香貯存著許多許多記憶，陽光、雨水、霧或山嵐、清晨的露水、山坡上的土壤、偶然飛來停留片刻的小甲蟲。

我看到那一片深綠色的葉子，在沸水中捲舒張開，好像它重新醒了過來了，所以那蜷縮在黑暗裡的葉子，是一個悠長的睡眠嗎？此刻它醒了，伸著懶腰，翻轉身體，打開每一個因爲恐懼而緊縮的部分。

一縷一縷的白色的煙霧嬝嬝上升，一縷一縷，細細的悠長的淡淡的芳香，在空中停留著，好像敘述著那一片葉子所有經歷過的喜悅與憂傷。

我喝著茶，好像在等待那滿是香草的陽台上出現一個主人，我想像他在黎明的光裡拉開陽台的落地窗，走進已經越來越亮的日光裡，伸了伸懶腰，聞嗅到那清新的柑橘的、檸檬的、薄荷的、迷迭香的氣味，愉悅的笑起來。

他告訴自己，這是一個假日的黎明。

阿民，我們的感官需要一個假日。

在匆忙緊迫的生活裡，感覺不到美。

我沒有那麼鼓勵你去看美術館看畫，我沒有鼓勵你去音樂廳聽音樂，我沒有那麼鼓勵你去劇院看戲劇，阿民，當藝術變成一種功課，背負著非作不可的壓力、負擔，其實是看不見美的。

我喜歡東方古老的哲學家老子的比喻，他說，一個杯子最有用的，是那個空的部分❶。

阿民，好的哲學總是那麼簡單。

這麼簡單，我們卻容易被忽略。

我手中的杯子，因爲空著，才能盛裝水。

你可以想像一個沒有中空部分的杯子嗎？

---

❶一個杯子最有用的，是那個空的部分：本文典故出自《道德經》第十一章。老子曰：「埏埴以為器，當其無，有器之用。」意思是製造承物的器具，要有中空的地方，才有承物的功能。

如果我們的生活被塞滿了，我們還能有空間給美嗎？如果我們的心靈沒有空間，美要如何進來呢？

老子說：五色令人目盲，五音令人耳聾，五味令人口爽，馳騁田獵，令人心發狂❷。

這或許是人類最早的美學的反省吧！

太多的顏色，人的視覺已經麻木了，等於是心靈的視障。太多的聲音塞滿了，聽覺也麻木了，便是聽障。太多味覺的刺激，只是感官上的過癮，其實並沒有細緻的領悟，徒有口舌之爽，並沒有品味。而那不斷向外馳騁追逐感官肉體上的放縱，便像瘋狂野馬，已沒有了內省的心靈空間，如何容納美？

老子講感官的美學，講的那麼徹底，這麼準確。

在美術館，在音樂廳，在劇院，我看到許多慌忙急迫的五官，他們努力想看到什麼，努力想聽到什麼，但因爲太急了，太目的性了，可能什麼也看不

---

❷五色令人目盲，五音令人耳聾，五味令人口爽，馳騁田獵，令人心發狂：出自《道德經》第十二章。五色是紅黃藍白黑，人爭看各種顏色變化，終至盲目傷眼。五音是宮商角徵羽，爭聽五音吵雜，終令人耳聾；五味是酸甜苦辣鹹，終使人分辨不出味道。追趕動物，田獵為樂，令人心神發狂。

到，什麼也聽不見。

阿民，我一直記得一個使我害怕的畫面，我猶疑很久，不知道應不應該告訴你這個故事。

有一次去巴黎的羅浮宮，同行一位母親，很在意孩子的學習，她說出發前就要求孩子讀很多相關的書，他的兩個女兒都還在讀小學，很認眞做了筆記，拿給我看，我也讚美了他們的用功。到了羅浮宮，那位母親便一直督促著兩個孩子看畫，記筆記，孩子站在一張畫前面，有時還沒有一分鐘，母親便催促著：快，下一張，時間不多，羅浮宮名作太多了。

我有點憂傷起來，好像憂傷兩個原來美麗的杯子，被塞滿了東西，已經沒有感覺美的空間了。

那位母親一路趕著，手中拿著目錄，檢查是否遺漏了名作，並回頭問我，「哪一張名作我們還沒有看到？」

我一時憂傷，便停止下來，看著這位母親，我安靜的問她：「妳告訴我，你看到了什麼？」

阿民，我也許不應該告訴你這個故事。

我們有時總是急迫趕著路，深怕遺漏了什麼重要的東西，卻忽略了應該停下來，重要的東西其實就在身邊吧。在美術館裡，常常看到忙碌的人，總是擔心遺漏了「名作」，殊不知面前就是名作。即使是名作，沒有從容平常的心去感受，也是枉然。

阿民，藝術有時使我沮喪，我知道，藝術可能離美很遠。美其實很簡單，美，首先應該是回來做真實的自己吧。

如果一個城市，美術館、音樂廳、劇院，只是聯合起來，使市民中產者變得矯情而虛偽，阿民，我們是否應該有徹底的省悟，遠遠地離開藝術，先回到生活裡，認真去感覺自己。

我喜歡這一個假日，無事坐在室內，端著一杯茶，瀏覽對面公寓每一個陽台被黎明的光照亮。

那個我等待著的陽台主人始終沒有出現，他在享受一個可以放肆賴在床上的假日的早晨嗎？那樣一次假日的放肆真是令人羨慕啊！

我偶然路過這個異鄉的城市，租賃了這個公寓，不多久，我要離開，我不確定離開以後，我還會不會記得這一個黎明，這些公寓，這些陽台上的花，盆栽，仙人掌，我只是看著，知道它們此刻與我有緣。

還有那個一直沒有出現的主人的陽台，像一個空著的杯子，使我有了許多想像的空間。

阿民，我有時希望自己是一只空著的杯子。空著，才能渴望；空著，才有期待；空著，才會被充滿。

孟子不是說：「充實之謂『美』嗎？」這麼簡單又精準的形容，「充實」，我們也許不容易領悟，正是因爲「空」，才能「充實」。

美的學習，也許不是要「增加」什麼，而是要「減少」什麼！

和知識的學習剛好相反，美的修行，不是增加，而是減少。

孔子說過：「爲學日益，爲道日損。」（編者按：此句出自老子）不容易理解的一句話，「知識的學習是一日一日加多；生命的領悟，卻是一日一日減損。」

孔子說的「損」，是「拿掉」，是「去除」，是「空」，也就是莊子哲學常說的「忘」吧！

最美的詩，最美的畫，最美的音樂，最美的人的肢體表情，常常似乎看到了，領悟了，卻記不起來，美，好像更接近「遺忘」。

白居易在一千年前寫了一首詩：

「花非花，霧非霧。夜半來，天明去。來如春夢不多時，去似朝雲無覓處。」

他說的是一種「遺忘」嗎？我不確定。

我們是不是被「知識」塞滿了，沒有餘裕的空間留給美？

阿民，我想騰空自己，用橡皮擦擦掉很多字，恢復一張紙的空白；我想清空自己，像在電腦上按下一個「清除」鍵，重新開始，回復成嬰兒的狀態，重新使自己像一只空的杯子。

我坐在室內，看清晨的光一點一點，在桌布上移動。被陽光照亮的部分，露出細緻的經線與緯線的紋理，是白色的麻線交織成的，好像陽光變成一種愛撫，陽光一接觸，布巾就似乎活了起來，好像回憶著它曾經是夏日陽光裡一株搖曳的麻草，在土地裡扎了根，細長的葉子，承受雨水和陽光，一日一日成長。

麻草被斬伐了，去除了莖葉中易於腐爛的部分，抽出了堅韌的纖維，加工染色，織成這一張桌布。

這是死去的麻草的魂魄嗎？

爲什麼桌布裡每一根細細的纖維，一旦被陽光照到，就彷彿活了起來。

阿民，這樣悠長的假日，我可以閉起眼睛，用手指去感覺這一塊被陽光照到的桌布。

我們曾經閉起眼睛，嘗試恢復嗅覺中細緻的部分。

如今，我嘗試閉起眼睛，用觸覺感覺這一張桌布。

我想像自己是盲人。

原來盲人的嗅覺或觸覺是這麼豐富的。

我的手指彷彿一一生長出了另一種眼睛。我指尖的末梢，感覺到陽光停留在桌布上的溫度。我很清楚地從觸覺中知道那一塊桌布上不同時間陽光照射的部位，陽光是一點一點慢慢移動的，桌布上的溫度也有一片一片不同溫度的層次。

被陽光照到的部分，麻布的纖維似乎特別柔軟，我不確定，是不是日光的溫度使纖維有肉眼覺察不到的膨脹，纖維和纖維之間的空隙更緊密，麻線的交錯的紋理如同海灘上的細沙，我輕輕撫觸，纖維便似乎微微顫動了起來。

這是不曾死去的麻草的記憶嗎？

阿民，你記不記得，有一次我們在看荷蘭畫家維米爾（Vermeer）的一張女子的頭像，在紅色的帽簷下，一張彷彿偶然回轉過來的眼眸，有一點意外錯愕的表情，微微張開嘴唇，彷彿有許多心事要說。

我們在畫前站了很久，都沉默不語。

我不知道你在看什麼。我看到的是畫家每一條筆觸在畫布上的痕跡。畫家的筆，不是在畫畫布，是在撫摸畫布，畫布是麻布織的，畫家的筆便行走在麻布上，感覺每一根纖維的凹凸，感覺每一處橫線與直線交織的空隙。

而維米爾的筆觸是特別細膩的，細膩得像珍珠表層的光。

一個畫家，如果沒有細緻敏感的觸覺，如何能理解什麼是「筆觸」？

繪畫是要用視覺去看到「筆」的「觸覺」吧！

我們還有多少機會眞實去感受自己的觸覺？

我的指尖撫觸到麻布，麻布上陽光的溫度，麻布的纖維，我似乎渴望著一種近於盲人的觸覺，他們經驗著我常常經驗不到的另一個豐富的世界。

我嘗試用純粹的觸覺感受這一塊桌巾，感覺每一根麻的纖維交織起來的細密的紋理。

觸覺是多麼奇特的一種感官。

我們蜷曲在母胎中時，感覺得到母親身體的溫度嗎？感覺得到母親心跳的脈動嗎？我們自己的心跳也開始了，一種擴張和收縮交替時的震動，血流在湧進和沖出時如同潮汐的澎湃。阿民，達文西❸在解剖人體心臟時，發現了血液湧入和湧出的管道不同，他對著那一個已經不再鼓動的心臟，觀察著那些如同洞穴一般空空的心房和心室，做了很詳細的記錄。做為畫家，達文西其實不需了解這麼仔細，但是，做為人，他好奇於這心臟的構造與組織，他甚至幻想著一股溫熱的血流湧入這些孔穴，整個心臟被充滿時那種被時那種飽滿溫暖的感受。

大腦主管思維，是心，主管感受。達文西曾經這樣推測。

❸達文西：李奧納多‧達文西（Leonardo da Vinci, 1452～1519），是一位義大利文藝復興時期的建築師、解剖學者、藝術家、工程師、數學家、發明家，也是歷史上最著名的畫家之一，他與米開朗基羅和拉斐爾並稱「文藝復興三傑」。達文西的繪畫老師韋羅基奧（Andrea del Verrocchio）要求學生熟悉解剖學，因此達文西有眾多精美人體解剖圖傳世，對後世影響深遠。

我在學習靜坐的時候，嘗試把大腦的思維騰空，好像學習讓思慮裡的雜質一一沉澱，好像靜視一杯面前的水，裡面這麼多渣滓，起起浮浮，但也慢慢往下沉落。沉落的速度很慢，比心中的預期慢得多。或者，預期原來是大腦的一種妄想吧。靜坐久了，看到自己大腦的妄想很多，妄想也就是心靈的雜質。妄想沉澱了，感官的純粹才能開啓，眼，耳，鼻，舌，身，我們或許可以回復到原始處覺的感官之初。

許多低等的動物，是沒有眼，耳，鼻，舌，這些感官的，但是，他們有觸覺。

我的身體裡還存留著那些原初生命的記憶嗎？

爲什麼每當我經驗著純粹觸覺的刹那，那似乎蠕動著的本能便在身體裡蔓延擴張了起來。

人類的文明離觸覺太遠了嗎？

好像斯特拉文斯基在「春之祭祀」❹那音樂曲裡一種很遠很遠的呼喚，那麼

❹「春之祭祀」：《春之祭祀》是俄羅斯作曲家伊戈爾．斯特拉文斯基（Igor Stravinsky, 1882～1971）的代表作與成名作。以俄羅斯遠古時期的春天祭典為想像藍圖，刻畫以原始部族為了祈禱春收，要求少女跳舞，祭典最後甚至犧牲少女性命獻祭，樂曲具有俄羅斯獨特的豪邁狂放樂風。

原始，那麼荒涼，卻一下呼喚起我身體的鄉愁。

我肉身的底層，一定還隱藏著自己不曾發現的部分，在暗黑的官能潛意識裏，一旦被撩撥，就蠢蠢欲動。

我不知道那是什麼？像意識之初的記憶，在大腦的思維還沒有形成之前，有一顆被溫熱血流鼓動著的心臟，許多空穴，等待被充滿。

阿民，我沉溺在觸覺的感官裡。

我記憶起母親懷抱著我，那麼厚實又柔軟的肉體，那麼幸福的溫度。

我記憶起口腔裡被乳汁充滿的快樂，那芳甘香甜的汁液，從咽喉通過，飽滿地容納在胃裡。我記憶起吃完母乳後，在我背部輕輕拍打的手掌，那麼篤實而又溫柔的拍打，通過身體的觸覺，傳達著一生難以忘懷的愛，關心，照顧，安慰，或鼓勵。

我們遺失了多少觸覺的能力？

在人類往文明發展的過程裡，我們禁錮了許多官能的自由，特別是觸覺的本能。

我們一定渴望過一個肉體，渴望親近，渴望體貼，渴望擁抱，渴望完完全全地合而爲一。如同柏拉圖在哲學中闡釋的，人類原來是完整的，因爲觸怒了神，受了懲罰，被一分爲二。因此，我們每一個人都是不完全的，我們一生都在尋找被分開來的另一半。我們用視覺在找，用聽覺在找，但是，阿民，你發現沒有，我們最終認識到的另一半，可能存在在觸覺裡。

這世界上有一個你可以完全用觸覺去信任的身體嗎？

好像回復到嬰兒時的狀態，徜徉在母親的懷抱裏。完全純粹的愛，竟然是一種純淨的觸覺。

在人類的文明裡，觸覺是禁忌最多的。

有多少東西，是只能看，不能觸碰的。在美術館裡有多少「請勿觸碰」的警告，然而，阿民，你發現嗎？所有「請勿觸碰」的警告，其實都誘發著我們潛藏的觸覺的慾望。好像希伯來聖經裡的「伊甸園」，上帝告誡亞當夏娃，絕不可觸碰那「知識之樹」上的果子，結果他們就一定會去觸碰。

我們的肉體在暗黑的夜裡，可能會尋找多少觸覺本能慾望的發洩嗎？

我們是否甚至恐懼去感覺自己的身體？

那觸覺的本能，使我們記憶起自己動物性的部分嗎？

但是，我的身體裡的的確確存在著一個動物，在那生命原初的狀態，不是用大腦在思維，而是用身體在感受。

我感受到痛，要大聲嚎叫起來，我感受到飢餓，這麼眞實的胃裡的飢餓。我們身體的皮膚表面和內在器官，無一不是觸覺。

我想擁抱什麼，我的身體經驗著巨大的空虛，我要擁抱一個眞實的東西。我喜歡「體貼」這個詞，「體貼」便是眞實的觸覺，好像比「愛」更具體。人類在禮教的世界把觸覺本能壓抑了下去，但是，觸覺在身體底層呼喚我們。

雕塑家羅丹❺（Rodin）有一次看鄧肯❻（Duncan）舞蹈，看完之後，情不自禁，便伸手要觸摸舞者肉體。

---

❺ 羅丹（Rodin）：奧古斯特・羅丹（Auguste Rodin, 1840～1917），法國重要雕塑家。善於用豐富多樣的繪畫性手法塑造出神態生動富有力量的藝術形象。代表作品有「沉思者」，「維克多・雨果像」等。

❻ 鄧肯（Duncan）：伊莎朵拉・鄧肯（Isadora Duncan, 1878～1927），美國著名舞蹈家，幼時學習古典芭蕾舞，長大後從古希臘藝術中獲得靈感，嘗試自行編舞演出，大受歡迎，成為現代舞的創始人，並創辦自己的舞蹈學校。

也許，很少有人理解這個眞實故事裡藝術家的矛盾。沒有強烈的觸覺本能，羅丹不可能是出色的雕塑家，但是，他活在一個觸覺成爲禁忌的文明中。

我看羅丹的雕塑，他用手去抓土，捏土，擠壓土，撫摸土，他在雕塑一堆土裡滿足了他觸覺的荒涼，我們看到那土上的指爪的擠壓，也被感動了，因爲，阿民，是不是我們的觸覺，也都是荒涼的？我們好像是通過視覺，在羅丹的雕塑裏塡補了自己觸覺長久長久以來的空虛。

這個假日，我想清空自己，我想被充滿，徹底被充滿。

作者與賞析

這本《感覺十書》是蔣勳《寫給青年藝術家的信》一書的改版，蔣勳透過寫給一個青年藝術家阿民的十封書信當中，仔細說明自己如何通過感官記憶去喚醒審美的意識與知覺。這篇〈空〉即是十封信當中的第三封信。

蔣勳（西元1947～）臺灣知名畫家、詩人與作家。自幼成長於臺北大龍峒，中國文化大學藝術研究所畢業後，赴法國巴黎藝術研究所攻讀，回國後成為知名畫評家，並曾任美術刊物《雄獅美術》的主編。除擅長畫評外，蔣勳兼擅文學創作，曾獲中國時報新詩推薦獎、吳魯芹文學獎等獎項肯定，並出版過多本詩集，現為《聯合文學》社社長。近年來推廣美學不遺餘力，出版多本重要討論美學的散文作品。

蔣勳對美的研究起源於對詩與畫的鑽研，長久浸淫在對美的思索與薰陶中，建立了蔣勳獨到的美學主張，他主張所謂「美」不應該僅停留於美術史上的名畫圖鑑或是古典音樂的曲式講授，美應該是連結到每個人生命底層的真實存在，是遍布於色、聲、香、味、觸等各種感官中的美好經驗。這些經驗原本是我們最切身最直接的生命感觸，但是在這個競逐成就，凡事都要追求卓越的時代裡，我們對生活中的美感經驗日漸麻痺，終於視而不見，聽而不聞。

於是蔣勳說，要找回生活中美的感動，就先從「空」開始。給自己個假日，也給自己的感官得以細細品味生活滋味的空間。沒有空間的茶杯再也裝不下佳茗，正如填滿了工作績效的人生裝不下一次美的感動。蔣勳的美學呼應古老道家哲學，也給予我們一種新的視野。是否在課業工作之餘，也能停下腳步看看窗外明滅光影，聞嗅風中的季節氣息。（陳政彥）

問題與討論

1. 蔣勳說：「我們的感官需要一個假日。」請同學討論這句話背後的含意為何？
2. 在文章的最後，蔣勳說：「這個假日，我想清空自己，我想被充滿，徹底被充滿。」這句話乍見之下好像自相矛盾，其實總結了全文的主旨。請同學討論，蔣勳想清空的是什麼？想充滿的是什麼？
3. 請描述一次令你最難忘的美感經驗，不限於視覺，聽覺、嗅覺、味覺、觸覺經驗皆可。

延伸閱讀

1. 蔣勳：《孤獨六講》，臺北：聯合文學出版，二〇〇八年。
2. 蔣勳：《美的覺醒—蔣勳和你談眼、耳、鼻、舌、身》，臺北：遠流出版，二〇〇六年。
3. 蔣勳：《來日方長—蔣勳詩畫集》，臺北：天下文化出版，二〇〇七年。

三、認識自己

引論

周西波

本單元的目標是透過文本的解讀，進行思索，以確立個人的生命價值與目標，在錯綜複雜的社會脈絡中，尋求合適的生存法則。若能覺察個人能力的長短、優劣，掌握自己志趣的趨向，勢必有助於釐清、規劃出一己未來理想的藍圖，強化其實踐的可能性。閱讀前人詩、文等作品，當然不僅僅止於文學美感的觸發，其中每每蘊藏著前人生活經驗的深刻體會，可供讀者深入思索，轉化成為自己處世原則之依據。

〈伯夷列傳〉為《史記》七十列傳之首，內容除了談到伯夷、叔齊兄弟的積仁絜行，高風亮節德行之外，更重要的是提醒我們在人生面對選擇時的判斷依據為何。當人生面臨困境與選擇時，我們是否會屈於現實條件，而做出退讓，或是堅持自己的理念，能否傾聽自己的聲音，遂從己志。

人往往執著於生命的短長與肉身的存滅，總是無止盡地追求著長生、延年。古時，臣下晉見君王必呼萬歲，而千古以來真有萬歲者嗎？對於此種問題在陶淵明〈形影神〉這三首詩或許可以得到解答。在〈形贈影〉中藉由罔兩與景的問答點出了一個你我都難以否認的現實——人生短暫，無法常存，故得出了需要及時行樂的結論；但是，在〈影答形〉之中對於及時行樂的看法提出不同的看法，以為人生可以有更積極的作為，而立善遺愛即是積極的實踐；作者最終

〈神釋〉作結，透過順任自然，達到「死生驚懼，不入於胸中」的境界，也消除了前述的種種疑慮。此三層境界的對話，讓讀者了解人生的境界不該有所囿限，若能順應自然，方可自在自適地看待己身的一切變化與轉折。

虞世南的〈蟬〉這首詩透過對蟬的外型、聲音的細緻描寫，對其品德與節操進行讚美，進而強調自己當如蟬一般不需藉由外力就能聲名遠揚，表達了對個人品格的自信，以及自我的認知與自勉。

王國維的〈人間詞話〉一則，乃作者從宋人詞作內容提煉而出的人生三種境界，展示追求人生理想過程的三種層次，包括：初始追尋理想的嚮往與茫然；對理想的擇一與固執；以及最終實現理想時，苦盡甘來的驚喜感受。此一生命經驗之體現，終究必須透過自我之檢視，落實人生價值之確立，方能不畏艱難，勇往直前而無怨無悔。

〈成為珠峰的一部分〉則是記錄一位臺灣傳奇山友，第二位登上珠穆朗瑪峰的臺灣登山者，拾方方先生。令人遺憾的是，他並沒有平安歸來。劉克襄藉由拾方方的抉擇和際遇，一方面深透山友對山林的眷愛，以及為其獻身的熱情；一方面，也帶出臺灣登山團隊艱辛的成長。人生在世，終究能為自我的理想實現而願意全心力投注，無悔付出的學習，在這樣的過程中，生命將併發不一樣的光彩，這就是人生的使命。拾方方雖然英年早逝，然而其生命卻在珠穆朗瑪峰上殞落之際，樹立了不一樣的姿態，供後人瞻仰、效學。

伯夷列傳

司馬遷

選文

夫學者載籍極博，猶考信於六蓺❶，詩書雖缺，然虞夏之文可知也❷。堯將遜位，讓於虞舜。舜禹之閒，岳牧咸薦❸，乃試之於位，典職數十年，功

❶意謂學者所學習負載的典籍學問或所傳承記載的書籍典冊，極為淵博廣大，但仍以詩、書、易、禮、樂、春秋等六藝（即六經）為考察徵信的最高準則。「蓺」為「藝」之原字。

❷孔子刪古詩為三一一篇之《詩經》，中有六篇已有目無辭。《尚書》孔子刪成百餘篇，為秦伏生所傳，秦火後僅剩二十九篇（一說二十八篇），是為後之今文《尚書》，後來又從孔子宅壁發現所謂的古文《尚書》。而今文《尚書》存有〈堯典〉，古文《尚書》則有〈堯典〉、〈舜典〉、〈大禹謨〉，載有堯、舜、禹禪讓之事。文既指經文記載，同時可說為禮文、文理，即含有高度美善精神之文明。

❸岳即四岳方伯，分掌四方諸侯；牧即九州州牧，相傳為當時中國九大地方行政區域首長。

用既興，然後授政。示天下重器，王者大統❹，傳天下若斯之難也。而說者曰：「堯讓天下於許由，許由不受，恥之逃隱。及夏之時，有卞隨、務光者❺。」此何以稱焉❻？太史公曰：「余登箕山，其上蓋有許由冢云。孔子序列古之仁聖賢人，如吳太伯、伯夷之倫詳矣。余以所聞，由、光義至高，其文辭不少概見，何哉？」

孔子曰：「伯夷、叔齊不念舊惡，怨是用希❼。」「求仁得仁，又何怨乎？」余悲伯夷之意，睹軼詩可異焉❽。其傳曰：伯夷、叔齊孤竹君之二子也。父欲立叔齊。及父卒，叔齊讓伯夷。伯夷曰：「父命也。」遂逃去。叔齊亦不肯立而逃之。國人立其中子。於是伯夷、叔齊聞西伯昌善養老，盍往歸焉❾。及至，西伯卒。武王載木主❿，號爲文王，東伐紂。伯夷、叔齊叩馬

---

❹天下此一政治組織權位，乃貴重之器具；王道帝尊為維繫人間道德秩序的重大綱常統緒。

❺說者在此指莊周之流。典出《莊子．逍遙遊篇》和《莊子．讓王篇》，一般認為是虛構的故事。

❻這該怎麼稱述說明呢？

❼是，此也。用，以也，因也。希，同「稀」字。意謂不記舊仇或他人過去的過惡，因此其心中所存的怨恨或別人對其之怨恨都稀少了。

❽軼詩，即散軼而未編入《詩經》三百篇內的古詩，在此即指後文所引的采薇歌。歌中似有怨意，而與孔子所評夷、齊之心意似乎可有出入。

❾「盍」在此同「蓋」，作乃、於是解。

❿木主，指靈位牌。

而諫曰：「父死不葬，爰及干戈⑪，可謂孝乎？以臣弒君，可謂仁乎？」左右欲兵之，太公曰：「此義人也。」扶而去之。武王已平殷亂，天下宗周。而伯夷、叔齊恥之，義不食周粟，隱於首陽山，采薇而食之。及餓且死，作歌。其辭曰：「登彼西山兮，采其薇矣。以暴易暴兮⑫，不知其非矣。神農虞夏忽焉沒兮，我安適歸矣⑬？于嗟徂兮⑭，命之衰矣！」由此觀之，怨邪？非邪⑮？

或曰：「天道無親，常與善人⑯。」若伯夷、叔齊，可謂善人者，非邪？積仁絜⑰行如此而餓死！且七十子之徒，仲尼獨薦顏淵為好學，然回也屢空⑱，糟糠不厭⑲，而卒蚤夭；天之報施善人，其何如哉？盜蹠日殺不辜⑳，肝人之肉㉑，暴戾恣睢㉒，聚黨數千人，橫行天下，竟以壽終；是遵何德哉㉓？

⑪ 爰，乃也。

⑫ 以暴力替換暴力。

⑬ 安，何也。適，往也。這是感嘆如神農、虞舜、夏禹等三皇五帝的道德王國奄忽已無處尋覓了，還有哪裡可以讓我歸往得所呢？

⑭ 于嗟，嗟嘆之辭。徂，往也，逝也。

⑮ 有怨呢？還是非有怨呢？

⑯ 語出《老子》第七十九章。意謂天道無偏私之親，永常支助良善之人，跟好人站在一起。

⑰ 絜：同「潔」。

⑱ 屢空：每每空乏。

⑲ 厭：饜足。

⑳ 盜蹠或作盜跖。不辜，無辜之人。

㉑ 肝人之肉：膾切人肉如肝樣。

㉒ 暴戾恣睢：殘暴凶狠，放縱恣肆，橫行妄為。

㉓ 是遵何德哉：這是遵從怎樣的德行而致此呢？

此其尤大彰明較㉔著者也。若至近世，操行不軌，專犯忌諱，而終身逸樂富厚，累世不絕；或擇地而蹈之，時㉕然後出言，行不由徑，非公正不發憤，而遇禍災者，不可勝數也。余甚惑焉，儻所謂天道，是耶？非耶㉖？

子曰：「道不同，不相爲謀㉗。」亦各從其志也。故曰：「富貴如可求，雖執鞭之士吾亦爲之；如不可求，從吾所好㉘。」「歲寒，然後知松柏之後凋㉙。」舉世混濁，清士乃見。豈以其重若彼，其輕若此哉㉚？「君子疾沒世而名不稱焉㉛。」賈子曰：「貪夫徇財，烈士徇名，夸

㉔較：明顯。

㉕時：適當的時機。

㉖倘若如前所說「天道無親，常與善人」，那此種天道真的存在嗎？還是不存在呢？究竟人間有無此一正義天理呢？

㉗語出《論語．衛靈公篇》，意謂所遵行的道路和追求的目標理想不同，則不會互相謀聚在一起。

㉘語出《論語．述而篇》。富貴可不可求當不只是說現實上之可能與否，而更指涉道德上之可不可、當不當。如果道義上不當求或現實上不可求，則順從自己的心志理想去做。

㉙語出《論語．子罕篇》，意謂有堅貞之志的君子，是像松柏一樣經得起嚴寒風霜的考驗的。

㉚此句眾說紛紜，衡量上下意旨與文氣，蓋謂「吾人難道要像鄙俗之人一樣，那麼的重視富貴逸樂之俗報，而以君子行義卻不獲富貴福報為輕而認為不足取嗎？」此即可謂「以志釋怨」。

㉛語出《論語．衛靈公篇》。「疾」為擔憂害怕之意，「名不稱」在《論語》一般有二說，一者解作「有君子之名，而實卻不相符稱」，另者解為「沒有好的人格作為，以得有稱揚於世的聲名」。太史公此處，當是取後一義而發揮之。

者死權，眾庶馮生㉜。」「同明相照，同類相求，雲從龍，風從虎，聖人作而萬物睹㉝。」伯夷、叔齊雖賢，得夫子而名益彰；顏淵雖篤學，附驥尾而行益顯㉞。巖穴之士㉟，趣舍有時若此㊱，類名堙滅而不稱㊲。悲夫！閭巷㊳之人，欲砥行立名者，非附青雲之士，惡能施于後世哉！

㉜語見賈誼《鵩鳥賦》。「徇」，同「殉」字。物以類聚，各為不同的目標而殉死。貪心的俗夫為財而死；好威勢矜誇者為權位而死；眾多的平民百姓憑恃生存，一味貪生怕死；至於有氣節功業心的烈士，則為千古傳誦之聲名而赴湯蹈火，死亦不惜。於此，太史公主要在突出「名」，當然是特指砥行而立的好聲名，以此千古美名為人間善報之大端，由此得到德福一致的正義心理之平衡，而不汲汲於富貴逸樂之俗報也。此可謂「以名慰志」。

㉝語出《易．乾卦》：「同聲相應，同氣相求，水流濕，火就燥，雲從龍，風從虎，聖人作而萬物睹。」言物以類聚，同道相求，而眾人萬物的存在意義亦經由聖人而彰顯明著。

㉞驥尾，即千里好馬的尾巴。附驥尾，比喻受如孔子之青雲高士的稱賞提攜。

㉟巖穴之士：隱居山林的高士。

㊱趣，同「趨」；舍，同「捨」。趣舍指出處進退，出仕與退隱也。有時，即符合恰當的時機。若此，指類同伯夷、叔齊和顏淵之高行。

㊲類，或作「善」解，則類名即美善之名；或作「大率」、「大抵」解，則更添湮滅埋沒之悵惘浩歎，而增生史家參贊天地化育之志也。故或云太史公「竊比青雲」，欲傳揚砥行之閭巷之人、岩穴之士的高風亮節，以名於世，而補人間之缺憾也。

㊳閭巷：即小的街道，里巷也，泛指鄉里民間。

作者與賞析

西漢司馬遷（約前145～前90），為中國偉大的史學家兼文學家，秉承其父司馬談未竟的壯志，在仗義直言卻慘遭宮刑屈辱之下，仍效法文王、孔子、屈原、左丘明等先聖先賢超克極端逆境以撰成偉大著作的精神，忍辱發憤完成中國第一部通史《史記》，確立了此後歷代正史以紀傳體為主的基本體例，代代相傳，形成人類無與倫比的歷史遺產。《史記》分本紀、世家、列傳、書、表五大類，內容涵蓋自然、社會、人文三大領域，意在「究天人之際，通古今之變，成一家之言」，發揮孔子大是大非的春秋精神。〈伯夷列傳〉為《史記》列傳之首，亦《史記》最著名篇章之一，歷來詮評不斷，講述不絕，或有以「神龍見首不見尾」喻其文之奇者。此傳中太史公精切述出夷齊禪讓無爭、奔義餓死的道德精神，並帶出夷齊「怨耶？非耶？」的疑問以及天道「是耶？非耶？」之「德福一致與否？」的大困惑，而終借孔子「知命」的態度，以「志」在仁義，於幸與不幸之「命」則置之不顧，此等「義命分立」、「以義制命」的觀念以釋解其惑。進而又「以名慰志」，認為不朽的千古美名亦是一種大福報，何必只認取現實富貴為善報？末了，太史公「竊比青雲之士」，欲傳砥行者於世，而呼應篇首身為史家的使命。此可說是儒家「人文化成」之一環，透過「人文化成」之客觀事業而「與天地參」，使德福不一的人世缺憾得以儘量減少。再進一步說，儒家之「命」並非只是「無可奈何的外在限制」而已，更有「由外在命運限制體會得對內在良知之義命的召喚」此等「由命見義」、「即外命即內命即天命」的道德使命層次，由此終達「義命合一」、「君子無入而不自得焉」之德福一致的心靈超越境界。（蘇子敬）

問題與討論

1. 或云：「夷齊質疑武王伐紂為不孝、不仁，恥周而隱，斯執著既成禮教而不知權變大道乎！」此判是否？
2. 或曰：「夷齊讓位而逃，乃棄國家於不顧，拘個人小節而遺治國大義，非道也。」此判當否？
3. 伯夷、叔齊有怨乎？無怨乎？
4. 〈伯夷列傳〉如何致惑於人間報應之爽失，又採取怎樣的人生抉擇以解決此困惑？而伯夷、叔齊的行徑與此抉擇有何干係（義理上的關聯）？太史公身為史家於此又有何自我期許？
5. 太史公司馬遷之作《史記》，乃根於何等心志？

延伸閱讀

1. 〔東周〕孟軻：《孟子・萬章》第十章，收錄於《十三經注疏》，臺北：藝文印書館，一九八五年。
2. 〔東周〕莊周：《莊子・讓王篇》，收錄於《莊子集釋》，臺北：頂淵文化，二〇〇八年。
3. 〔西漢〕司馬遷：〈太史公自序〉，收錄於瀧川龜太郎《史記會注考證》，臺北：大安出版社，一九九八年。
4. 〔西漢〕司馬遷：〈報任少卿書〉，收錄〔南梁〕蕭統撰、〔唐〕李善注：《文選》，臺北：藝文印書館，一九九一年，十二版。
5. 蘇子敬：〈伯夷列傳析詮〉，《國文天地》第二四〇期，二〇〇五年五月，頁34-39，以及第二四一期，二〇〇五年六月，頁44-49。

形影神三首 并序

陶淵明

選文

貴賤賢愚，莫不營營❶以惜❷生，斯甚惑焉！故極陳形影之苦，言神辨自然❸以釋之。好事君子❹，共取其心❺焉。

形贈影

天地長不沒，山川無改時。
草木得常理，霜露榮悴之。

❶營營：煩擾貌。
❷惜：貪。
❸神辨自然：神辨別自然之理。
❹好事君子：指當時喜歡討論形影神問題者。
❺心：指詩義。

謂人最靈智，獨復❻不如茲❼！
適❽見在世中，奄❾去靡歸期。
奚❿覺無一人，親識豈相思？
但餘平生物，舉目情悽洏⓫！
我無騰化術⓬，必爾⓭不復疑。
願君取吾言，得酒莫苟辭。

影答形

存生不可言，衛生每苦拙。
誠願遊崑、華⓮，邈然⓯茲道絕。

❻復：加強語氣之語助詞。
❼茲：指天地、山川、草木。
❽適：纔。
❾奄：遽。
❿奚：孰。
⓫悽洏：洏，涕流貌。此當作「而」，「悽而」猶「悽然」。
⓬騰化術：指成仙之術。
⓭爾：如此。
⓮崑、華：以崑崙山與華山喻仙境。
⓯邈然：遠貌。

與子相遇來，未嘗異悲悅。
憩蔭若暫乖，止日終不別。
此同既難常，黯爾俱時滅。
身沒名亦盡，念之五情熱。
立善有遺愛，胡可不自竭？
酒云能消憂，方[16]此詎不劣？

神釋

大鈞[17]無私力，萬物自森著[18]。
人爲三才中，豈不以我[19]故？
與君[20]雖異物，生而相依附。
結託善惡同，安得不相語？

---

[16] 方：較。
[17] 大鈞：造化。
[18] 森著：繁多而顯著。
[19] 我：神。
[20] 君：形、影。

三皇大聖人，今復在何處？
彭祖愛永年，欲留不得住。
老少同一死，賢愚無復數[21]。
日醉或能忘，將非促齡[22]具？
立善常所欣，誰當爲汝譽？
甚念傷吾生，正宜委運去[23]。
縱浪大化[24]中，不喜亦不懼。
應盡便須盡，無復獨多慮。

作者與賞析

陶淵明，在晉名淵明，字元亮，入宋後更名為潛。潯陽柴桑（今江西九江西南）人，生於晉哀帝興寧三年乙丑（西元365），卒於宋文帝元嘉四年丁卯（西元427），年六十三（據顏延之

[21] 數：計。
[22] 促齡：短壽。
[23] 委運去：順化而死。
[24] 大化：《列子・天瑞篇》：「人自生至終，大化有四：嬰孩也，少壯也，老耄也，死亡也。」

〈陶徵士誄〉）。自晉孝武帝太元十八年至晉安帝義熙年間，曾歷任州祭酒、鎮軍參軍、建威參軍及彭澤令等職。有五子，皆不才。鍾嶸評其詩云：「其源出於應璩，又協左思風力。文體省淨，殆無長語，篤意真古，辭興婉愜……。」

這一組詩向來被認為受到《莊子．寓言篇》中寫罔兩與景問答的影響，傳達意味深長的哲理。第一首詩藉由「形」之感嘆，強調人生之短暫，固無法如天地山川之長存，甚至不及草木榮、枯之循環，既否定佛家輪迴之說，也排除道教長生的可能性，將形體的幻滅，視為快速而必然的結果，故須把握時光，及時行樂。第二首詩以「影」的回答，表達對長生的渴望卻難以企及的無奈，然而處世態度則有所轉折，反對「形」的消極觀點，不願「身沒名亦盡」，故主張「立善有遺愛」的積極進取精神。最後以「神」的論辨，強調天道無為，萬物自化的觀點，舉三皇、彭祖為例，說明不管是對功名亦或形體的執著，終歸虛幻，及時行樂亦適得其反，唯有順任自然，才能夠「死生驚懼，不入於胸中」，形、影之言俱屬多慮耳。王叔岷先生認為這組詩體現「陶公富於詩人之情趣；兼有儒者之抱負，而歸宿於道家之超脫。三詩分陳行樂、立善、順化之旨，為陶公人生觀三種境界。」（見《陶淵明詩箋證稿》卷二）（周西波）

問題與討論

1. 這三首詩歌傳達的人生觀，你比較贊同哪一種？原因何在？
2. 閱讀蘇軾〈和陶形贈影〉、〈和陶影答形〉、〈和陶神釋〉三首，嘗試比較其與陶詩在語言、思想的差異。

延伸閱讀

1. 〔戰國〕莊周：〈寓言〉，〔清〕郭慶藩《莊子集釋》，北京，中華書局，二〇〇六年，頁947-965。
2. 〔宋〕蘇軾：〈和陶形贈影〉、〈和陶影答形〉、〈和陶神釋〉，收錄於〔清〕馮應榴輯《蘇軾詩集合注》卷四十，上海：上海古籍出版社，二〇〇一年，頁2055-2056。

蟬

虞世南

選文

垂緌❶飲清露，流響❷出疏桐。
居高❸聲自遠，非是藉秋風❹。

作者與賞析

虞世南（西元558～638），字伯施，越州餘姚人（今浙江省）。生於南朝陳武帝永定二年，卒於貞觀十二年，享年八十歲。以官至祕書監，獲賜永興縣子，世稱「永興」、「祕監」。他不僅文學造詣湛深，書法藝術在中國書法發展史上亦占有一席之地，與當時歐陽詢、褚遂良、

❶垂緌：緌，一作蕤。垂緌，指蟬頭部的兩道觸鬚，其狀似古人冠帽之垂纓，故言垂緌。此處象徵官宦的身分。

❷流響：形容蟬聲悠揚悅耳，鳴聲響亮。

❸居高：非言官位之高低，乃謂德行高潔之意。

❹秋風：比喻君王王或官場中有權勢者的力量。

薛稷並稱「唐初四大家」。虞世南以博學多能，高潔耿介，聲聞於世。在朝廷中與唐太宗談論歷代帝王為政得失時，直言進諫，表現公忠體國的精神，唐太宗美其「德行、忠直、博學、文辭、書翰」五絕，天下尊之。唐貞觀年間淩煙閣所懸掛的二十四勳臣畫像，虞世南位列其一，足見他在貞觀之治中付出的貢獻，深受重視。傳世書法代表作有《孔子廟堂碑》，書法理論著作《筆髓論》。另編有《北堂書鈔》一百六十卷、《群書理要》五十卷、《兔園集》十卷等。《全唐詩》收虞世南詩作共三十二首，寫作題材甚廣。

〈蟬〉詩出自《全唐詩》，乃唐人詠蟬詩中，時代最早的一首。全詩雖僅二十字，然字字珠璣，句句意蘊深遠。在寫作技巧上，運用比興手法，寄託心志。第一、二句藉著描寫蟬的形體、習性和聲音的具體特徵，暗喻自己乃朝廷高官的顯要身分和高潔清遠的品格。蟬是以吸食樹上汁露或植物液汁為生，然詩人特言其「飲清露」乃比喻自己的廉潔。而蟬居於高挺疏朗的梧桐樹上，故其鳴聲悠揚響亮的自樹間連續不斷地傳出，此乃詩人自喻其品行清高致遠。此二句物我相融，以蟬喻己，以己入蟬，不著琢痕；明乃詠蟬，暗實詠人，寓意深沉。第三、四句詩人以「居高」點出品德上的高潔，其聲名自是遠播傳揚，廣為人知，而此清譽絕非憑藉君王的賞識或官場中與有權有勢者的酬酢往來的外在力量所能獲得的。清人沈德潛《唐詩別裁》言此詩：「命意自高。詠蟬者每詠其聲，此獨尊其品格。」可看出詩人虞世南對自身的德行修養充滿高度的自信，而「人格美」的意涵貫串全詩。

唐人以蟬為詩，除了虞世南此首之外，另有李商隱的〈蟬〉和駱賓王的〈在獄詠蟬〉。對此三首有關於蟬的詩，施樸華《峴傭說詩》言：「《三百篇》比興為多，唐人猶得其意。同一詠蟬，虞世南『居高聲自遠，非是藉秋風』，是清華人語；駱賓王『露重飛難進，風多響易沉』是患難人語；李商隱『本以高難飽，徒勞恨費聲』，是牢騷人語，比興不同如此。」❺三首〈蟬〉詩皆托蟬以寄意，又同處唐世，然因詩人境遇、感懷的不同，即使運用相同的比興手法，其所呈現的生命樣貌，亦有所不同，而此正是文學的藝術價值與美感所在。（陳靜琪）

問題與討論

1. 自然界存在各式各樣的動、植物，牠（它）們各有其姿態與習性，而在詩人眼中，其亦各具象徵意義，茲舉數例，並討論其所涵蘊的意涵。
2. 請從環保和尊重生命的角度，討論大自然山水、草木、土地與稀有動物的保護問題。

延伸閱讀

1. 〔唐〕虞世南：〈賦得臨池竹應制〉，收錄於《四庫全書・御定全唐詩》卷三十六，臺北：臺灣商務印書館，二〇〇六年，頁6。
2. 〔唐〕虞世南：〈奉和詠風應魏王教〉，收錄於《四庫全書・御定淵鑑類函》卷六，頁23。
3. 〔唐〕駱賓王：〈在獄詠蟬〉，收錄於《四庫全書・御定全唐詩》卷七十八，臺北：臺灣商務印書館，二〇〇六年，頁10。
4. 〔唐〕李商隱：〈蟬〉，收錄於《四庫全書・御定全唐詩》卷五百三十九，臺北：臺灣商務印書館，二〇〇六年，頁5。
5. 〈初學記〉，收錄於《四庫全書》卷一，臺北：臺灣商務印書館，二〇〇六年，頁24。

❺中國國學網站www.confucianism.com.cn/html/wenxue/10411560.html。

人間詞話一則

王國維

選文

古今之成大事業、大學問者，必經過三種之境界：「昨夜西風凋碧樹。獨上高樓，望盡天涯路。」此第一境也。「衣帶漸寬終不悔，爲伊消得人憔悴。」此第二境也。「眾裏尋他千百度，回頭驀見（當作「驀然迴首」），那人正（當作「卻」）在燈火闌珊處。」此第三境也❶。此等語皆非大詞人不能

❶第一種境界所引詞句，出自晏殊〈蝶戀花〉：「檻菊愁煙蘭泣露。羅幕輕寒，燕子雙飛去。明月不諳離恨苦，斜光到曉穿朱戶。昨夜西風凋碧樹。獨上高樓，望盡天涯路。欲寄彩牋無尺素，山長水闊知何處。」第二種境界所引詞句，出自柳永〈蝶戀花〉：「佇倚危樓風細細，望極春愁，黯黯生天際。草色煙光殘照裏，無言誰會憑欄意？擬把疏狂圖一醉，對酒當歌，強樂還無味。衣帶漸寬終不悔，為伊消得人憔悴。」第三種境界所引詞句，出自辛棄疾〈青玉案〉元夕：「東風夜放花千樹，更吹落、星如雨。寶馬雕車香滿路。鳳簫聲動，玉壺光轉，一夜魚龍舞。蛾兒雪柳黃金縷，笑語盈盈暗香去。眾裏尋他千百度，驀然回首，那人卻在，燈火闌珊處。」

道。然遽以此意解釋諸詞，恐爲晏歐諸公所不許也。

作者與賞析

王國維，字靜安，晚號觀堂，浙江海寧人。生於清光緒三年（西元1877），卒於民國十六年（西元1927），享年五十一歲。王氏為博學通儒，早年治西洋哲學，嗜康德、叔本華之學說，後轉治中國文學、金石、甲骨、古史以及西北地理等，對學術界之影響為近代僅見。平生著述甚豐，身後遺著收為全集者有《王忠愨公遺書》、《王靜安先生遺書》、《王觀堂先生全集》等數種。《人間詞話》是王氏以西洋美學觀點研治古典詞學所作的評論，具有劃時代的意義，備受學界重視。

清代常州詞派譚獻《復堂詞話》論文學的欣賞，曾說：「作者之用心未必然，讀者之用心何必不然。」經由主觀的聯想，王國維從晏殊、柳永的〈蝶戀花〉以及辛棄疾〈青玉案〉詞中提煉出人間的「三種境界」，觸發讀者體會比原詞內涵更深廣的境界。

第一種境界：「昨夜西風凋碧樹，獨上高樓，望盡天涯路」，寫的是追求理想的嚮往心情。獨上高樓望遠，顯示了對於崇高理想之嚮往，對更廣遠的境界的追求與期待；然而理想高遠者，自不免於孤獨寂寞；在追尋的過程中，或不免於四顧蒼茫，終點渺不知何在的茫然。

第二種境界：「衣帶漸寬終不悔，為伊消得人憔悴」，闡釋的是對理想的堅持。葉嘉瑩在〈談詩歌的欣賞與《人間詞話》的三種境界〉中，認為這是一種「擇一固執殉身無悔」的精神。要能堅執無悔，則理想必需是「所善」、「所愛」的，因為「知其『可善』而不覺其『可愛』，則無固執的感情；覺其『可愛』而不見其『可善』，則無殉身的價值。」為讀者提供了進一步的思考。

第三種境界：「眾裏尋他千百度，驀然回首，那人卻在燈火闌珊處」，寫的是理想實現後的喜樂之情。「眾裏尋他千百度」緊承第二種境界而言，可見追尋過程的重重艱苦與堅持；「那人卻在燈火闌珊處」與「獨上高樓」相承，象徵孤高的理想，而獨尋「那人」透顯了「擇一」的內涵；「驀然回首」，一語道盡了久經艱苦一旦成功時的驚喜之情。

從追尋理想伊始的孤獨茫然，到對理想的堅執無悔，終於在歷經艱困後到達理想的彼岸，王國維巧挪前人詞句，為我們揭示了形象化的三種境界。然而，自我追尋，到底要追尋什麼？恐怕是現今學子們普遍的疑惑。富蘭克林曾說：「世界上有三件事情是最難處理的，即鋼鐵、鑽石及了解自己。」在紛歧多彩的人生路徑中如何「擇一」？「了解自己」、「認識自己」應是最基礎的課程，唯其如此，才能選擇「所善」、「所愛」，才能堅執無悔，終抵自我實現與自我超越的人生理想。（郭娟玉）

問題與討論

1. 閱讀晏殊、柳永〈蝶戀花〉及辛棄疾〈青玉案〉三闋詞，比較分析原詞本意以及你所體會的三種境界的意涵。
2. 請就自我的生命經驗，找出曾為它「衣帶漸寬終不悔，為伊消得人憔悴」的三件事，討論其中的心路歷程，並客觀分析事件是否真具有「固執無悔」的價值？

3. 你認識自己、了解自己嗎？如果讓你在自己的自畫像上題字，你會寫什麼樣的內容？為什麼？

延伸閱讀

1. 葉嘉瑩：〈談詩歌的欣賞與《人間詞話》的三種境界〉，收錄於《王國維及其文學批評（下）》，臺北：桂冠圖書股份有限公司，一九九二年，頁481-495。

2. 鹿橋：〈幽谷〉，收錄於《人子》，臺北：遠景出版社，一九九三年。

成為珠峰的一部分

劉克襄

選文

「他奶奶的，鳥人，老子都快掛了，你現在才來看我！」

跟隨小說家王幼華進入客廳，沒多久，老大高亢的喊叫聲，如連珠炮般，從二樓激憤的傳下來。二十多年未見面了，他的脾氣未改，仍以慣常的粗俗話語，作爲見面的開場白。

我放慢腳步上樓。他因爲長年喝酒，加上醫師用藥不當，導致行動不便。叨唸完後，放盡力氣了，正軟癱在坐椅上。眼前這位體力羸弱的中年人，連走下頭份老家一樓，跟我見面，明顯都有些困難。很難想像，上個世紀末，卻是最早帶領純本土登山隊伍，攀越珠穆朗瑪峰的血性漢子。

一九八四年冬天，我因暫時失業，參加了一樁蘭嶼的探險，領隊者就是老大。那次的計畫，大抵循蘭嶼北方的一條乾溝，往上攀登。再沿紅頭山稜線，輾轉繞至天池。我們試圖了解隱密的林子裡，是否眞如傳說，棲息了許多恙蟲。那回調查結果，一隻也不曾碰著。此一早年的謠言，正如過去有一傳說，日本人在臺灣釋放過許多毒蛇般的，都是以訛傳訛。

那是我們唯一一回的偕伴探險。殊不知，一回的登山兄弟，氣味對了，就是一輩子的情誼。我跟老大一直保持信件和電話的往來，理想信念無所不聊，無事不談。

只有一件事，一九九四年那回，攀登世界高峰的遠征，我隱忍、困惑了十多年，希望當面向他求證。去年仲夏，遂有此登門造訪之行。

滿嘴酒氣沖天的老大，繼續有氣無力地陷在坐椅。臉頰和手腳極度削瘦，缺乏光澤的皮膚更因爲長期服藥，加上喝酒，像壁癌般積累了瘀滯的暗黑斑痕。唯有一對眼神炯然發亮，喜孜孜地望著我這位多年不見的老兄弟。

「你認識拾方方嗎？」甫坐定，我開口第一句便如此直接。

我才問完，他馬上激動地髒話再飆出，「他奶奶的，我怎麼會不認識他。」

回話甫落，一聲慨嘆，隨手就持起旁邊早已開封的高粱酒。斟滿一杯後，囫圇一口，獨自縱飲而盡。只見他繼續酒言酒語，激越地嚷聲，「他奶奶的，他一定一開始就下定決心，無論如何都要登頂。他根本就不想活，他老頭領走一千五百萬保險金，全球登山界最高額。」

「你認識那一次的領隊張瑞恭嗎？」我不禁好奇地再追問。

「廢話，我行不改名，坐不改姓。」他以手指對著自己激動地說，「我從小本名就是張瑞恭，張致遠卻是我用了四十年的筆名，路人皆知。」

他這一說，十多年來隱忍的困惑頓時都有了解答。當時，我一直困惑著，爲何一支地方社團的登山探險組織，苗栗頭份登山隊，如何敢貿然前往世界最高峰。老大跟這支地方探險隊淵源深厚，爲何不在隊員裡面。殊不知，他前往珠穆朗瑪峰時，並非用在臺灣登山時的筆名。因爲搭飛機或進出海關，必須使用本名。

那一年，一九九四年五月，我從《民生報》讀到的便是這支來自臺灣的登山隊伍，攀登珠穆朗瑪峰的新聞。登山隊員拾方方自東北稜攻頂，在登頂後，下山時無法安全下山。關於遠征隊的成員，新聞只簡短提到，領隊叫張瑞恭。

我跟老大、拾方方各有一段緣分。九零年代初時，有一回，我在台北誠品敦南店，敘述自己在臺灣古道的探險。演講結束後，有名年輕人過來聊天。他的長相平實憨厚，身形也尋常，故而容貌如何，早已不復記憶。但他留下了一句話，令人印象深刻，「劉老師，臺灣的山該進行的探險形式，前面的人都走過了，還有什麼可以完成的？」

那時胡榮華還騎著藍駝環繞地球，我隨即以他爲例，「胡榮華以前總是在山區孤獨地攀登，不知前往何方。等爬了一陣，領悟通透了，才奔向世界！你或許可以他做爲借鏡。」

啊！不知道那句話是否有影響他，導致他產生海外登山的夢想。但我日後最清楚的回憶，應該是他留下連絡的名字：「拾方方。」

我和老大的緣分更早，可追溯自一九八四年冬天的蘭嶼南北縱走。那時老大才帶領頭份登山隊的成員，以破紀錄的四十二天，完成不補給的中央山脈大縱走。縱走結束後，他繼續帶領老班底張勝二、賴永貴，還有機靈的土狗海烙，再結合張銘隆等探險企圖心甚爲強烈的山友，啓程前往蘭嶼。

有一晚，在野地露宿時，七個人聊到了臺灣登山探險的過去和未來。不知是誰先提到珠穆朗瑪峰，彼此間還在開玩笑，以臺灣的登山見識，中國大陸又非邦交國，怎麼可能攀登世界最高峰？話雖如此，但一支小小的臺灣登山探險隊伍，在這小島已悄然萌生如何攀登世界最高峰的可能。我猜想，同樣的雄心壯志，當時在臺灣各地的山區，在攀爬多年的山友胸臆裡，恐怕也都有相似的一絲火苗點燃著。

還記得蘭嶼歸返後，我去張銘隆的登山小舖造訪。喜愛探險者，家裡總像貨櫃倉，堆置著各種探險和登山的器具。自己則彷彿隨時要離開，荒野才是他的家。張銘隆是我認為最充滿人文氣質的探險者，但其住家亦是此等風景，儼然如機場的驛站。

那次，我還特別問他，「接下來還有什麼探險計畫？」

他若有所思，似乎對臺灣的山行有些疲憊，又講不出什麼，隨口喃唸道，「可能會去一家報紙當戶外記者。等賺些錢，再到外頭走走吧！」

雖無特別嚴謹的目標，那前往世界最高峰的星星之火終於燎原。一九九三年，他果真成為珠穆朗瑪峰遠征隊的隊長。隊員吳錦雄，在大陸遠征隊的協力幫助下，成為臺灣第一位的登頂者。此一成功，遂帶起了一波又一波臺灣人邁向世界高峰的熱潮。沒多久，老大也積極地招兵買馬，希望自籌一支全然本土的登山隊伍。

老大大張旗鼓籌組的這支遠征隊，透過媒體的宣傳，吸引了諸多年輕登山好手的嚮往，紛紛前去報名。拾方方是測試後少數錄取的隊員。當時大家約略知道，學生時代他就讀淡水專科觀光科，求學期間努力半工半讀。畢業後，在一家旅行社工作，待遇頗爲優渥。

豈知，沒多久，他便離職，獨自跑到桃園一家鐵工廠上班。藉著艱辛的勞動，以兩年的時間鍛鍊心志。平常所賺取的錢，後來都投入購買登山裝備，同時考取多項登山方面的嚮導執照。偶有空閒，還會跑去聆聽相關的山行演講，包括我那場。

拾方方並未清楚告訴家人，即將前往珠峰攀登的計畫。一九九四年春初，花蓮鳳林老家的雙親，接到他從機場委託旅行社寄回的家書，才恍然明白，他平時鍛鍊體力的目的，竟是爲攀登世界第一高峰。那時家人也才理解，有天他爲何回老家急欲借錢，原來是爲了補足前往珠峰的款項，但爲其父親拒絕。

五月八日，儘管攻頂前夕天氣猶晴朗，八千公尺的高地可是地球上最不適合人類存活的環境。從基地營出發後，接連數日，二十七歲的拾方方，跟隊友一路艱難地緩步。除了得克服接踵而至的頭痛、失眠、噁心、食不下嚥等生理狀況。一方面，還得面對更嚴峻的，外在的酷寒、低溫、強風和空氣稀薄等險絕環境的考驗。最後，攻頂的隊友或體力不繼，或生理狀況無法負荷，在不同的高度紛紛放棄，唯有他奇蹟似的獨登山頂，成爲臺灣第二位登上珠峰的山友。

爲何只有他一個人，並無雪巴在旁幫助呢？整個事情的關鍵即在此，原來，這段艱險的攻頂過程中，老大在指揮營幾度以無線電通話，告知天氣即將轉壞，建議他放棄，快點下山。唯拾方方並不接受指令，堅持繼續上爬。

他不接受下撤指令，隊友也只能透過無線電默默祝福他。沒多久，隊友接到了他通報登頂的消息。當時還引發一陣振奮。遠征隊的聯絡官楊世濤，保存著一張紙條，上面清楚寫著：「五月八日時十七點十八分，拾方方登頂，正在下撤，預計十五日撤營。」

但楊世濤預期的十五日内容並未實現。拾方方在下山時，果然撞見了隊友擔心的暴風雪。老大清楚記得，拾方方最後通聯時，已在第二台階，還未找到下山的路標。他們在營地憂心地等待，只見一陣濃雲大雪飄過珠峰，遮住了山頭。老大從望遠鏡遠眺，眼睜睜地看著拾方方，消失在這團濃厚的風雪裡。消失在英國著名探險家馬洛禮，和其隊友厄文當年消失的位置。

以前攀登珠峰的隊伍，若從東北稜攻頂，到達最後的攻擊營地，首要任務都會檢視第二台階的梯子是否穩定，或者需要加固繩索。第二台階也被戲稱爲天國之門，離峰頂已近，海拔落差不及三百公尺。爲了登上世界頂峰，全世界最勇於登山的人類，都得抓準可以上山的晴朗時刻，通過此地。

一般人卻難以想像，五月時，正值珠峰登頂的熱潮，有時這兒會堆擠著來自世界各地的山友。時間一分一秒寶貴地流失，他們卻得無奈地排隊，只爲了通過這道前往頂峰必經的狹小金屬階梯。我們或可想像，那種可悲而荒謬，又教人害怕的畫面。

怎知下山時，更加恐怖。第二台階是一處完全垂直的船頭狀頁岩。從上方難以望向下方，尋找梯子更加困難。通過第二台階的路線稍一偏差，就會有著難以想像的可怕後果。拾方方可能在此未找到台階，無法循來時路下山，不幸地成爲臺灣首位攀登珠峰的遇難者。

我們永遠無法知道，罹難前刻，拾方方到底在想什麼？會不會恐懼？拾方方的殉難卻帶出成王敗寇的責難，苗栗頭份登山隊的珠峰計畫，日後常被岳界人士檢討，甚而被視爲一次失敗的遠征，招來義和團之譏。

後來我常想，假若拾方方成功歸來，又會是何種結果？老大是否獲成爲登山界推崇的人物，不必壯年時便常藉酒澆愁？當年政府各級單位未補助，企業廠商贊助有限，隊長和領隊必須分頭募款、貸款，舉債出國門。這種土法煉鋼式的登山，會不會也是一種臺灣奇蹟，被誇耀爲某一國際級的境界？

如今事過境遷，或許連山友都淡忘了這件事，淡忘了拾方方。但一個年代過後，登頂前他在日記裡留下的一段話，繼續在少數山友的部落格裡流傳。有一回我意外讀到，不禁大爲吃驚。面對世界首峰的孤絕心境，一個人縱使沒有文采，每一段發自內心的話，還是教人震懾而動容。我一邊讀著，一邊感嘆低迴，再度憶起，這位年輕山友當時大眼盯我，渴望著得知未來目標的堅毅表情：

「對我自己，我是想在有生命之年，成就自己的心願。登山是我不能放棄的，我也深深了解自然力量的偉大，深具完美、創造及毀滅性。我更不能去掌握我是否能在這次的遠征活動中活著回來。……因爲我追求的與別人不同，那就不可用相同的角度與看法衡量，譚嗣同說：『做大事的人不是大成就是大敗。』就算大敗，我也不後悔。」

——摘自拾方方，一九九四年二月二十五日的日記

看到奇山峻嶺佇立著，愛山的人都會興起前往那兒，進行某一形式對話的慾望。我可以充分體會拾方方面對珠峰時，執著的是什麼理想，希望追求的又是什麼情境。還有那面對野外，如何超越自己、克服懦弱，一般不畏死亡的挑戰精神。

以前跟老大爬山，我也感受到這種對山的癡迷，心境的狂野和不羈。像他們這樣的岳人，一生在城市可能都抑鬱不得志，可能都是厭惡主流社會的漂泊者。唯有回到山林，寄託山林的雄偉，他們才能壯大那不爲人知曉的一面。

拾方方罹難之前，珠峰已遺留下一百五十五具登山者的屍體。同年，也有五位老外登頂時命喪於此。

拾方方沒有下山，隊員哀痛之餘，在基地營附近以石塊築了衣冠塚。如今

拾方方還有一尊紀念銅像，默默地佇立在花蓮老家附近的一處農場，甚少人聞問。

繼上個年代中旬珠峰的登山風潮，二零零九年五月的臺灣珠峰遠征亦有兩隊，無疑是臺灣登山史的第二波。臺灣山友帶著更成熟的心智前往，草莽時代的第一波早已不再。

一九九五年臺灣首位攀登珠峰的女性汪秀眞（編案：汪應是江。），在這回第二次遠征前，跟我有幾封短信往來。綽號江仔的她，曾在基地營邂逅拾方方的衣冠塚，特別向其致意。後來寄照片給我。畫面是很簡單的一塊石碑，碑石上有他的名字。此塚即當年一起前往的隊友們幫他立的。

這回江仔臨行前，我還請託她，重返珠峰時，幫我再祭弔拾方方，追念這位只有一面之緣的殉山者。其實，那陣子我和江仔短短通信裡，主要也都繞著拾方方與她，以及上個年代臺灣珠峰遠征的往事。

江仔在通信裡亦告知，她原本是要參加拾方方這支隊伍，但時間上過於倉促，繳了費用，卻沒有參加特別訓練，再加上工作單位辭職不了，難以成行。隔年才有機會，參加了中華山協的珠峰遠征隊集訓，進而成爲第一位登頂的臺灣女性。

她如何看待前一年拾方方的登頂呢？我特別冒昧地向其請教自己多年的疑惑。江仔客氣地以個人經驗告知，撇開天氣環境因素，拾方方是臺灣從事海外遠征尚未成熟下的一位犧牲者。在這裡，她如此謙虛地描述，「二十四歲登上聖母峰的自己，其實是百分之九九點九，擁有了好運氣。拾方方的消失一直是我們的借鏡。」

雖然談的是珠峰，其實江秀眞充滿了對臺灣登山的深刻反思。臺灣的登山文化，經常處於爭先恐後的狀態，譬如早年多人以收集百岳爲榮。吳錦雄珠峰登頂成功後，臺灣更掀起一股登珠峰的熱潮。

我們把在臺灣的登山陋習，繼續延伸到珠峰去。殊不知，當時臺灣與國際的登山接觸，或是資訊的獲得都相當貧乏。再者，海外遠征與臺灣登山的模式和準備，其實也大不相同，但我們習焉不察，繼續用臺灣的登山方法，前進海外遠征。

海拔八千公尺的空間，其危險性之高，或許像人間的魔戒，很難去取捨或抉擇。拾方方的抗命登頂，儼然是選擇了套戴。但江仔顯然磨練出更成熟的心智，而不只是幸運。

從二十四歲到三十八歲，江仔有許多的感觸與心得。大抵是經過這幾年艱困的山行才逐漸明瞭。多年來在海外登山探險，或單獨面對生死存亡的過程，讓她在未來的山行日子裡，變得更有勇氣和智慧。

世界上很多國家的文化和習性，喜愛把登頂珠峰與國運、政治強盛扯在一起。從江仔的信和拾方方的留言，我相信他們都會認同，登山其實沒有什麼偉大的意義，不過是挑戰自我，一項尋找自我滿足的運動罷了。

珠峰登頂迄今仍然是一項高難度的運動，但它眞的已經不像以前那樣重要了。或許，它愈來愈有醫療研究或環保科學的諸多意義。但登頂不應該再背負國家族群的榮光。它只屬於個人，登不登頂，都是個人的小事。成功或失敗，都是一己生命的精采，沒有其他。

拾方方的功敗垂成，老大爲此自責，鬱卒了十多年，日夜藉酒澆熄心中的壘塊。對一個以山爲家的漢子，還有什麼比此更加遺憾的？

那天造訪老大回來，日後尋思，我難免慨嘆，當年登頂殉山的不只一位。以前的登珠峰，基地營流行一句話，一人登頂代表整個團隊也跟著成功了，藉此勸勉登山團隊隊員間的合作無間，不分彼此。

但若一人失敗了呢？拾方方的未歸，我隱然感覺，老大那時也沒回來。一九八四年我所認識的老大，跟拾方方一樣，靈魂仍舊殘留在那裡。

但拾方方的登頂未歸，抑或老大的扼腕，今日再回顧，對我而言，愈來愈是一種成功了。就像當年馬洛禮與厄文登上第二台階，最後不知去向。到底他們有無登上珠峰，是否下山時在第二台階迷路，都留下一團迷霧。這樣悲劇死亡所衍生的生命意義，我或許更加珍視。

拾方方用他的死，讓臺灣後來前往珠峰的山友，萌生寶貴的教訓。從其日記的最後遺言，我們清楚知曉，拾方方不是不信邪，而是他決心以自己的肉體，印證登山屢見的死亡模式。

登頂後，眼看成功了，才愕然出事，這樣的「大敗」，更讓後人擁有更多面向的思考空間。將來會有不少臺灣人攀上珠峰，但拾方方這樣一意孤行的成功，這樣絕然而必然的失敗，恐怕不會再發生了。

那次的遠征並沒有輸贏。這支地方探險隊以一個人的殉山，證明了這座山更具人性的一面，更遙遙映照著，臺灣某一段登山歷史的浪漫傳奇。

我如此緬懷拾方方，想必老大也常回顧這段無奈的往事吧。但十幾年過去，上個世紀的珠峰之行，應該可以畫下句點。他也該從珠峰回來，該戒酒了。

附記

☆根據拾方方淡水工商時期登山夥伴黃義雄告知，他在學校時用的名字爲石方芳。（1967.2.5～1994.5.15）

☆馬洛禮（George H.L.Mallory, 1886～1924）英國著名登山探險家。一九二一和一九二二兩年，曾參加英國聖母峰遠征隊，但都失敗而返。一九二四年他再次參加。六月八日攻頂日，他和隊友厄文爬到海拔約八千六百公尺的第二台階時，還被觀望到，但之後兩人就蹤影成謎。直到七十五年後，一九九九年五月，其遺體才在珠峰斜坡上尋獲。他們極可能是史上最先抵達第一高峰峰頂的人。登山史上最有名的一句名言，「因爲山在那裡。」就是馬洛禮第三次攀爬珠峰前，記者訪問他，「爲何要去爬山？」他率性地回答。

二〇〇九年六月五日
黃義雄

我的同學石方芳

劉老師

您好！在歐都納七頂峰登山隊攀登珠穆朗瑪登頂前夕，您發表了〈成爲珠峰的一部分〉緬懷拾方方一文，讀來感觸良多，同時也把我拉回十幾年前聖稜線縱走大霸登頂前，大雪封山的那一夜！

方芳，是我淡水專科的同班同學，也是我登山最好的搭檔，專二雪山一行，我們便明白這一輩子。我們再也離不開山。自此每逢假日或逢年過節，山成爲我們唯一駐足的地方！方芳，爬山速度很快，方向感很好，而我對天氣的變化很敏感，路線行程的掌控很細心。因此，只要是高難度或愈少人走的路線就是我們的目標。

大霸登頂前一天，那是隆冬艷陽高照的好日子，塔克金溪溪水就在我們腳下流淌，我們知道大霸就在不遠處，或許是太大意的緣故，致使錯過了往大霸的叉口，更要命的是，我們下切到溪底！當發現走錯路時已近傍晚，我們回頭努力尋找正確路線，卻發現天氣劇烈轉變，下起了雪，鵝毛大雪，幸好裝備準備的齊全，我們幸運度過一晚，第二天大雪依舊，我們切回大霸的路線，在茫茫大雪中，我們看見大霸那筆直的鐵梯，還有望不到盡頭的霸頂，登頂？回得來嗎？方芳說，不要忘記我們來的目的，我們一定可以做到。於是，我們上去了，成功地站在壩頂，我們約定有天我們也要站在珠穆朗瑪的峰頂，不管要付出多大的代價！

方芳做到了！當一位眞正愛山的勇者，面對大山的神聖與大自然的偉大，早已沒有生死、成功、失敗、毀譽的分別，當下唯一能做的，就是成爲珠峰的一部分！謝謝老師爲一位眞正的勇者寫這一篇文章，我相信成敗不足以論英雄，沒有人有資格爲這一段，爲一位勇者下定論，除非我們眞正面臨生死，面臨大自然嚴格的考驗，眞正站在大霸尖下，站在珠穆朗瑪峯下……。

作者與賞析

劉克襄（西元1957～），臺中市烏日區人。本名劉資愧，二歲時改為今名。劉克襄從事文學創作、自然觀察、古道探勘、臺灣歷史鑽研和旅行多年，具多重身分，既是詩人、小說家、自然觀察者，也是臺灣史旅行研究者。著有非常豐富，包括詩、小說、散文、自然誌、兒童文學繪本等，超過六十部，代表作有小說《風鳥皮諾查》、散文《隨鳥走天涯》、詩集《漂鳥的故鄉》、論述《臺灣鳥類研究開拓史》等。

本文選自《十二顆小行星》，是劉克襄對身邊友人的集體素描，也是臺灣圖像的抽樣拼圖。拾方方，臺灣早期攻頂珠穆朗瑪峰的傳奇登山者，劉克襄以側筆、正寫的多面角度，勾勒拾方方對大自然的熱愛、敬畏，以及以登山為終身職志的堅定，在他冒險成功登頂之後，卻在下山時消失在山徑上，令山友無限惋惜。圍繞拾方方身邊的老大（張瑞恭）、江秀真，也具體而微的點染出二十世紀末，臺灣登山的一群菁英，如何在缺乏強力奧援之下，開創出許多傲人的成績。他們不是炫耀自己的努力與成果，而是很樸實的了解自己的使命，因而，為自己的熱愛獻出全部，有時包括生命本身。（蔡忠道）

問題與討論

一、請回答下列問題：

1. 我認識自己的程度（0-10）。
2. 我的特質（至少三點）。
3. 我最喜歡哪一點？為什麼？
4. 我想改變哪一點？為什麼？

二、拾方方在攻頂前，收到天氣即將變壞的訊息，他還是決定攻頂。成功登頂之後，卻消失在下山的平臺。請你揣摩拾方方抉擇攻頂的心情，寫一封短箋，給最想要告別的人，並向他說明自己的抉擇。

延伸閱讀

1. 劉克襄：《十五顆小行星》，臺北市：遠流，2019。
2. 許芳宜：《不怕我和世界不一樣》，臺北市：天下文化，2018。
3. 江秀真：《挑戰巔峰之後》，臺北市：商周出版，2016。
4. 公共電視臺：《群山之島與不去會死的他們》（紀錄片），https://www.pts.org.tw/islandofmountains/，搜尋日期：2024.08.06。

四、跨域視野

引論

林宏達

社會分工細緻化，再也無法以傳統「士農工商」去區別知識分子與勞動者之間的差異。而創作一途，亦非所謂文科生獨占市場。為因應教學場域來自不同學科的學生，本單元擇選五種主題九篇文章，有古有今，亦能以古鑑今或是以今識古。首先，是宋代科學家沈括《夢溪筆談》選文二篇，沈括的科學成就，是世界所公認，文中便可見沈氏高瞻遠矚提出近似於現代「濕法冶金」的執行步驟；另篇選文涉及藥物、植物、物候學等知識，認為不宜於二、八月摘採藥草，又提出植物根莖葉花各有不同，採摘的最佳時機亦不同，其中還包含地勢高低、品類有別、南北地域氣候差異等變因。明代科學家宋應星所著《天工開物》，亦是記載許多科學與技術性的寶貴意見。農業是國之根本，因此作物的成長攸關國本。選文三篇，以稻米品種、耕種與水利應用三者合觀，了解宋氏對農作體察與技術提供所做的貢獻。

時移至近代，十九世紀末是一個「革新」的世代。居處東亞不管是中國、日本，與當時的朝鮮，都見識到西方強權，與之伴隨而來的科技與進步。因此「西學東漸」，或者留學取經，成為當下知識分子的選擇之一。臺灣進入二十世紀後，受到日本殖民統治，對於許多社會菁英，在國族與價值觀上產生鉅變與衝突，因此為解除當下困境，費時遊歷諸國考察，把自己的見聞逐一紀錄，正如林獻堂與其《環球遊記》。歷史學者許雪姬透過〈追求現代、走入世界：

我看灌園先生的《環球遊記》〉帶領讀者快速掃描林獻堂周遊列國的背景、實際體察的歷程，以及《環球遊記》成書之經過。這亦是臺灣人最早對於世界認知最翔實的紀錄。

休閒運動是人類歷久彌新的體能活動，可從「奧運」致敬古希臘習俗，進而藉由「世界大同」的精神理念、運動方式達到教育目的來了解其中意義。「棒球」、「籃球」均是奧運比賽的項目之一，也是代表具有團隊精神的運動。作家詹偉雄在《球手之美學：運動的52個文學視角》分別為臺灣棒球投手王建民，以及加拿大球星奈許（Steve Nash）寫下人生的一頁輝煌。描述王建民時，巧妙結合法國華裔畫家常玉的經歷，認為伸卡球這種具有東方陰柔美學的技巧，充分發揮以柔克剛的精髓，展現運動之美，這與常玉融合中西畫風的道理一致。提及奈許，亦將他在球場上的表現與馬克思的思想主義合論，身為球隊後衛角色，作者將他控球攻防模式與政治經濟學連結，具體說明運動不僅是體力、耐力的付出，還要加上腦力與反應力的加成，才能成就其特出。而兩人不走個人英雄主義，融入團隊之中，成為隊伍的助力，更是團體活動需要的運動家精神。

進入二十一世紀，受上世紀電腦科技發展影響，進階到網路普及化，此技術不僅應用在電腦，亦移植到智能手機上。於是人們藉由網路力量，不管是聯絡通訊、知識資訊取得都變得相當快捷。伴隨網路的便利性，社群平臺隨之興起，社會觀察家顏擇雅便透過〈賽跑，在網中〉，寫下對社群網絡（即文中所指臉書，facebook）的觀感。在大眾趨勢的無形推進下使用，並從中感知得失利弊，體悟受平臺的制約、共感情緒與朋友認定的模糊與疏離，作者運用自己多元的專業知識，巧妙譬喻，並反思網路科技帶給人們的真實影響。

「與時俱進」是人類進步的動力，如何保有傳統人文價值與日新月異的科技應用，的確是新世代青年亟需面對的功課。

《夢溪筆談》選

沈括

選文

一

信州鉛山縣❶有苦泉，流以爲澗。挹❷其水熬之，則成膽礬❸，烹膽礬則成銅。熬膽礬鐵釜，久之亦化爲銅。水能爲銅，物之變化，固不可測。按《黃帝素問》❹有「天五行，地五行。土之氣在天爲濕，土能生金石，濕亦

❶信州鉛山縣：即今中國江西省上饒市鉛山縣。

❷挹：音ㄧˋ，舀起。

❸膽礬：是一種水溶性含銅硫酸鹽礦物，外觀呈藍色的晶體狀，化學分子式（$CuSO_4 \cdot 5H_2O$）。苦泉即是含有膽攀的泉水。

❹《黃帝素問》：古代醫書名、共二十四卷，由「素問」和「靈樞」兩部分組成，是我國現存最早的中醫代表性著作。《黃帝素問》所指的地五行即「木、火、土、金、水」，與此相對的「風、熱、濕、燥、寒」則稱為天五行。

能生金石」，此其驗也。又石穴中水，所滴皆爲鐘乳、殷孽❺。春秋分時❻，汲井泉則結石花❼，大鹵❽之下，則生陰精石❾，皆濕之所化也。如木之氣在天爲風，木能生火，風亦能生火，蓋五行之性也。

二

古法采草藥多用二月、八月，此殊未當。但二月草已芽，八月苗未枯，采掇❿者易辨識耳，在藥則未爲良時。大率用根者，若有宿根⓫，須取無莖葉時采，則津澤皆歸其根。欲驗

❺鐘乳、殷孽：即石筍。石灰岩溶液（即碳酸氫鈣）流出地面後、受溫度和壓力影響，分解成難溶於水的碳酸鈣，經蒸發滴聚而凝結成了石筍。石筍下垂者稱鐘乳、上突者稱殷孽。

❻春秋分時：指二十四節氣的春分與秋分。

❼石花：井水中的碳酸鈣沉澱物形狀似花朵。其成因與石筍的相同。

❽大鹵：鹽池中的鹽原液。這種原液經過蒸發即可得到鹽。

❾陰精石：石膏與水的化合物，常見於鹽池中。其化學分子式為（$CaSO_4 \cdot 2H_2O$）。

❿掇：音ㄉㄨㄛ，採集。

⓫宿根：多年生落葉草本植物，冬季地上部分枯萎，但是地下根系仍存活，在第二年春季即可重新生長。

之，但取蘆菔⑫、地黃⑬輩觀，無苗時采，則實而沉；有苗時采，則虛而浮。其無宿根者，即候苗成而未有花時采，則根生已足而又未衰。如今之紫草⑭，未花時采，則根色鮮澤；花過而采，則根色黯惡，此其效也。用葉者取葉初長足時，用芽者自從本說，用花者取花初敷時，用實者成實時采。皆不可限以時月。

緣土氣有早晚，天時有愆伏⑮。如平地三月花者，深山中則四月花。白樂天游大林寺詩云：「人間四月芳菲⑯盡，山寺桃花始盛開。」蓋常理也。此地勢高下之不同也。如筀⑰竹筍，有二月生者，有三四月生者，有五月方生者謂之晚筀；稻有七月熟者，有八九月熟者，有十月熟者謂之晚稻。一物同一畦之間，自有早晚。此物性之不同也。嶺嶠⑱微草，淩冬不雕；並、

⑫蘆菔：菔音ㄈㄨˊ，即蘿蔔。

⑬地黃：一種藥用植物，經過炮炙可作藥材。

⑭紫草：多年生草本植物，其根可供藥用，亦可作染料。

⑮愆伏：愆，指過失，音ㄑㄧㄢ。愆陽，指冬天過渡炙熱，伏陰，指夏天出現寒氣。故愆伏指氣候失常，寒暑失調。

⑯芳菲：原意是花草的香氣，此處借代為花草。

⑰筀：音ㄍㄨㄟˋ。竹的品種名，主要產於江蘇。浙江一帶。

⑱嶺嶠：嶠，音ㄐㄧㄠˋ。嶺嶠指大庾、騎田、都龐、萌渚、越城等五嶺。此處泛指嶺南等亞熱帶地區。

汾⑲喬木，望秋先隕；諸越⑳則桃李冬實，朔漠㉑則桃李夏榮。此地氣之不同也。一畝之稼，則糞溉者先芽；一丘之禾，則後種者晚實。此人力之不同也。豈可一切拘以定月哉？

作者與賞析

沈括（西元1032～1096），字存中，晚年自號夢溪丈人、夢溪翁。北宋政治家、科學家。沈括出身杭州官宦家庭，參加科舉考中蘇州進士，受王安石提拔參與變法。在變法期間，沈括改革司天監、治理汴水、巡視兩浙水利、視察河北邊防軍務、出使遼國談判，頗受宋神宗器重。但因捲入新舊黨爭，受人猜忌排擠。元豐三年（西元1080年），宋神宗將沈括調至宋夏戰爭前線，卻因旁人貪功冒進，被迫防守永樂城大敗，後貶隨州並受軟禁。迨宋神宗死後，宋哲宗大赦方重獲自由，在潤州（今江蘇鎮江）的夢溪園安度晚年，死後歸葬杭州錢塘。

沈括一生涉略廣泛，博學多才，於天文、方志、律曆、音樂、醫藥、卜算無不精通，皆有所論著，可惜晚年獲罪，多數著作皆已亡佚。作品現今僅存六種，《夢溪筆談》是其代表作，除了記錄畢生研究眾多學問的心得看法，也記載了北宋時期多面向的科技成就。

⑲並、汾：指今日山西地區。

⑳諸越：越，古代少數民族名，居住在今浙江、福建、廣東等地。此處泛指東南地區。

㉑朔漠：北方沙漠地帶。

英國劍橋大學李約瑟博士（Joseph Needham，1900～1995）所著《中國科學技術史》按照現代科學原則對《夢溪筆談》的內容進行分類，在自然科學方面包含了數學、氣象學、地質學和礦物學、地理學和製圖學、物理學、化學、工程學、冶金學、工藝學、水利灌溉工程、建築學、動物學、植物學、農學、醫學藥物學，在人文科學方面包含了人類學、考古學、語言學、音樂學等等。在這些紀錄中可以看到沈括許多超越當代的科學見識。在天文學方面，他大膽改造古代天象觀測儀器，使其精確度遠超前代，記錄了常州發生的隕石事件，考察出其隕石的成分是鐵，這與現代科學分析相吻合。在磁學方面，沈括指出用磁石摩擦針尖，就可當成指南針使用，是世界上最早紀錄的人工磁化現象。在數學領域，《夢溪筆談》記載的「隙積術」是一種高階等差級數的求合公式。「會圓術」是一種求圓弧長的近似公式，對日後南宋數學發展奠定基礎。在物理方面，沈括用凹面鏡做了小孔成象的實驗，並提出「礙」（焦點）來解釋光學現象。在地質學方面，他認識到水碓地表的侵蝕作用，並且用太行山麓的海生動物化石，推測出地層變動，河流帶走的泥沙在下游淤積成平原，正確解釋了華北平原的成因。這些論斷都比西方地質學家發現早了數百年。沈括在延州任內考察了當地人採石油作墨的狀況，並且命名為石油，此名稱一直沿用至今。沈括的見多識廣，除了自身興趣廣泛，刻苦讀書學習之外，也是因為他關心民生疾苦，時常站在治水、戰爭、地方治理的第一線，特別留意能改進人民生活的各種科技。

選文一可以看到宋代當時大量利用信州天然盛產的「苦泉水」（含有膽礬的泉水）提煉銅的過程。將「苦泉水」放在鐵鍋當中熬煮，會產生鐵從硫酸銅溶液中置換出銅的置換反應（CuSO4 + Fe = Cu + FeSO4），從而能獲得銅，此法已有現代濕性冶金的雛形。從這個例子出發，他也列舉其他因為化學變化，從溶液產生固體的各種例子，如含碳酸氫鈣的水會因為碳酸鈣沉澱而產生石筍、鐘乳石、石花，又例如煮鹽的鹽池會產生石膏的現象。雖然宋代科學水平有限，沈括無法正確地解釋銅鐵離子置換的化學原理，只能用傳統五行理論強加解釋，今日看來不免荒誕可笑。但仍可見沈括勤於觀察各類化學現象，並且用心思考彼此的關聯性。這種孜孜不倦的好奇心，至今仍是我們能追尋知識、獲取智慧最重要的人格特質之一。

沈括同時也是一位博學的藥物學家，在沈括現存的著作當中，就有他的中藥學專著《良方》共十卷。在選文二中，沈括反對二月、八月採集草藥的傳統說法，認為二月是草藥剛發芽，八月夏末草藥枝枒茂盛，都是方便採集人辨識草藥種類的季節而已，但對藥效來說，應該分析所採集藥材的特性，配合各種自然因素，才能有最好的效果。例如，中藥藥用部位根莖葉花各自不同，最佳採收時間要配合部位來改變，其次地勢高低、草藥品類不同、南北地域氣候差異，這些因素都有影響。同一種草藥，在不同地區、不同地勢、不同區域裡，可能有極大的生長落差，需要各自調整。可以看到沈括為了破除舊說，合乎邏輯地提出了論點，並援引佐證，是非常精采的論說。這些討論已涉及「物候學」的範疇當中。

「物候學」（phenology）是研究氣候與生物生態事件彼此間時間關係之學問，屬於生態學的一環。沈括在此文中展示了對各種中藥材的了解，也提出相對應的自然氣候知識，可視為古代物候學的精采範例。

我們透過《夢溪筆談》可以發現，沈括的思維大致具備科學研究的精神，沈括善於在日常生活當中留意細節，例如能發現曲面鏡的曲度與成象大小的關係，或者「方家以磁石磨針鋒，則能指南，然常微偏東，不全南也」，從極細微的差距，進而發現地磁偏角，認真觀察生活細節所得。其次沈括並不相信古人說法，時常親自做實驗來檢驗古人說法的真偽，據理辯駁，或者透過彼此相類似的情況來比較研究，思考二者的關聯性。觀察、檢驗、比較都是沈括能實事求是、獨立思考的科學思想表現，值得當代的我們學習。

更可貴的是，沈括對於萬事萬物背後的原理，都有高度的好奇心。不會用先入為主的成見來區分學問的重要性，也不會用對自己人生有沒有幫助、有沒有效益的角度來思考自己的研究。在他眼中，不管是涉及人事、軍事、財務的人文學科，或者涉及物理、化學、數學，當時宋朝人還不能理解的科學原理，他都同樣保持旺盛的好奇心，一視同仁地認真觀察記錄思考。相對於其淵博的學識，他探索思考世界背後原理的好奇心，或許才是現代的我們更值得體會的地方。（陳政彥）

問題與討論

1. 請問有關採集草藥，沈括想要反對的說法為何？所提出的主張為何？所抱持的證據為何。
2. 古人的知識水平有限，對於事物的解釋只能從他們現有的知識背景當中找尋答案，難免會有荒謬錯誤的解釋。請問這種對自己不理解卻又強加解釋的現象，在我們當下的生活情境中，還會看到嗎？
3. 除了目前正在修讀的學科專業之外，你是否還對甚麼樣不同學科的學問感興趣？你會嘗試自己學習嗎？

延伸閱讀

1. 沈括：《夢溪筆談》，臺北市：錦繡出版事業股份有限公司，一九九三年。
2. 沈括、許汝紘、高談編輯部：《圖解夢溪筆談》，臺北市：信實文化行銷，二零一四年。
3. 李約瑟：《中國科學技術史》，香港：中華書局，一九八二年。
4. 張忠棟、李永熾、林正弘：《科學精神與科學方法》，臺北市：唐山書局，二零零一。

《天工開物》選

宋應星

選文

〈稻〉

凡稻種最多。不黏者，禾曰秔❶，米曰粳❷。黏者，禾曰稌❸，米曰糯（南方無黏黍，酒皆糯米所爲）。質本粳而晚收帶黏（俗名「婺源光」之類）不可爲酒，只可爲粥者，又一種性也。凡稻穀形有長芒、短芒（江南名長芒者曰「瀏陽早」，短芒者曰「吉安早」）、長粒、尖粒、圓頂、扁面不

❶「秔」為「粳」之異體。音ㄍㄥ。

❷音ㄍㄥ。稻米品種之一。葉片較狹而短，色深綠，莖稈較矮、較堅硬。穀粒呈短圓形，煮熟的飯粒較軟，黏性較大。

❸音ㄊㄨˊ。植物名。即糯。禾木科稻屬，為稻之栽培品種之一，一年生草本。莖高約一尺，中空有節。葉細長而尖，有平行脈，互生。秋月開花，穗狀花序。米富黏性，供食用、製糕及釀酒用。也稱為「糯稻」。

一，其中米色有雪白、牙黃、大赤、半紫、雜黑不一。

濕種之期，最早者春分以前，名爲社種❹（遇天寒有凍死不生者），最遲者後於清明。凡播種，先以稻、麥藁❺包浸數日，俟其生芽，撒於田中，生出寸許，其名曰秧。秧生三十日即拔起分栽。若田畝逢旱乾、水溢，不可插秧。秧過期，老而長節，即栽於畝中，生穀數粒，結果而已。凡秧田一畝所生秧，供移栽二十五畝。

凡秧既分栽後，早者七十日即收穫（粳有「救公饑」、「喉下急」，糯有「金包銀」之類，方語❻百千，不可殫❼述），最遲者歷夏及冬二百日方收穫。其冬季播種、仲夏即收者，則廣南之稻，地無霜雪故也。

凡稻旬日失水，即愁旱乾。夏種冬收之穀，必山間源水不絕之畝，其種穀亦耐久，其土脈亦寒，不催苗也。湖濱之田，待夏潦已過，六月方栽者，

❹社日，祭祀社神的日子。立春後第五戊日為春社，立秋後第五戊日為秋社。

❺藁，音ㄍㄠˇ，「槁」之異體。乾癟或枯瘦的。

❻方言。同一語言在不同地域因各種因素產生演變而形成的變體，只流行於局限的地區，具有與其他方言或共同語差異的特徵。

❼音ㄉㄢ。竭盡。

其秧立夏播種，撒藏高畝之上，以待時也。

南方平原，田多一歲兩栽兩獲者。其再栽秧，俗名晚糯，非粳類也。六月刈[8]初禾，耕治老膏田[9]，插再生秧。其秧清明時已偕早秧撒布。早秧一日無水即死，此秧歷四，五兩月，任從烈日暵[10]乾無憂，此一異也。凡再植稻，遇秋多晴，則汲灌與稻相終始。農家勤苦，爲春酒之需也。

凡稻旬日失水則死期至，幻出旱稻一種，粳而不黏者，即高山而插，又一異也。

香稻一種，取其芳氣以供貴人，收實甚少，滋益全無，不足尚也。

〈稻宜〉[11]

凡稻，土脈焦枯，則穗、實蕭索。勤農糞田，多方以助之。人畜穢遺、

---

❽音一ˋ，割取。

❾膏田，土地肥美的田地。在此指「稻茬彳Yˊ」，稻子收割後，遺留在地裡的根和莖的基部。有時會在稻田收穫水稻後種植小麥或大麥，稱為「稻茬麥」。

❿音ㄏㄢˋ。晒乾、曝晒。

⓫稻宜，適宜種稻的土。

榨油枯餅（枯者，以去膏而得名也。胡麻⑫、萊菔子⑬爲上，芸苔⑭次之，大眼桐⑮又次之，樟、柏⑯、棉花又次之）、草皮、木葉，以佐生機，普天之所同也（南方磨綠豆粉者，取溲⑰漿灌田肥甚。豆賤之時，撒黃豆於田，一粒爛土方三寸，得穀之息倍焉）。土性帶冷漿者，宜骨灰蘸秧根（凡禽獸骨），石灰淹苗足，向陽暖土不宜也。土脈堅緊者，宜耕壟，疊塊壓薪而燒之，埴墳⑱鬆土不宜也。

〈水利〉

凡稻防旱藉水，獨甚五穀。厥土沙、泥、磽⑲、膩，隨方不一。有三日即乾者，有半月後乾者。天澤不降，則人力挽水以濟。凡河濱有製筒車者，

⑫ 即「芝麻」，也稱為「脂麻」、「油麻」。

⑬ 萊菔，音ㄌㄞˊ　ㄈㄨˊ，蘿蔔的別名。萊菔子即蘿蔔子。

⑭ 油菜。

⑮ 香椿。

⑯ 音ㄐㄧㄡˋ，又稱為「烏柏」，一種落葉亞喬木植物，種子可以製油，並可作為肥皂、蠟燭的原料。亦稱為「烏臼」、「鵶舅」。

⑰ 音ㄙㄡˇ，以水調和粉麵。

⑱ 音ㄓˊ　ㄈㄣˊ，指輕黏土和壤土。

⑲ 音ㄑㄧㄠ，土壤堅硬貧瘠，不適宜耕種。

堰陂障流，繞於車下，激輪使轉，挽水入筒，一一傾於梘⑳內，流入畝中。晝夜不息，百畝無憂。不用水時，拴木礙止，使輪不轉動。其湖池不流水，或以牛力轉盤，或聚數人踏轉。車身上長者二丈，短者半之。其內用龍骨拴串板，關水逆流而上。大抵一人竟日之力，灌田五畝，而牛則倍之。

其淺池、小澮㉑，不載長車者，則數尺之車，一人兩手疾轉，竟日之功可灌二畝而已。揚郡㉒以風帆數扇，俟風轉車，風息則止。此車爲救潦，欲去澤水以便栽種。蓋去水非取水也，不適濟旱。用桔槔㉓、轆轤㉔，功勞又甚細已。

⑳ 音ㄐㄧㄢˇ，通筧。導水用的長竹管。

㉑ 音ㄎㄨㄞˋ，原為細小的水流，在此指田間的水溝。

㉒ 揚州，古九州之一。今江蘇、安徽、江西、浙江、福建等地屬之。也稱為「維揚」。

㉓ 音ㄐㄧㄝˊ ㄍㄠ，汲水的工具。以繩懸橫木上，一端繫水桶，一端繫重物，使其交替上下，以節省汲引之力。

㉔ 音ㄌㄨˋ ㄌㄨˊ，利用滑輪原理製成的井上汲水用具。古人常於井上立架置軸，貫以長木，上面嵌上曲木，纏綆其上，下懸汲水用斗，用手轉之汲水。

作者與賞析

宋應星（西元1587～約1666），字長庚，明朝學者，江西奉新人。神宗萬曆年間舉人，曾任江西分宜教諭（教諭，職官名。宋代始置，負責教育所屬生員）、福建汀州府推官（推官，職官名。唐朝時設置，多掌理司法，後期成為對法官的雅稱。民國初年稱法官為推事）等職。

宋應星曾在《天工開物．乃粒》說：「紈褲之子，以赭衣視笠蓑，經生之家，以農夫為詬詈。晨炊晚饟，知其味而忘其源者眾矣」（紈褲子弟，將戴斗笠、穿蓑衣的工人，視為罪犯；讀書人把「農夫」二字，當作罵人的話。這些人飽食終日，享受美味，卻忘了糧食從哪裡來），所以宋應星的一生致力於對農業和手工業生產的科學考察和研究，收集了豐富的科學資料，著有《天工開物》一書，詳細記錄各地工農業生產技術，圖文並重，包括農桑、開礦、兵器等各方面，其製造源流與方法，多與今日科學原則相合，為古代科學技術史上的重要著作。

《天工開物．總名》說：「今天下育民人者，稻居十七」，雖然五穀雜糧都可作為糧食，但是水稻在當時為最主要的食物，占了百分之七十，因此，《天工開物》特別關注水稻的栽培，把《稻》作為全書之首。本文共節選〈稻〉、〈稻宜〉、〈水利〉等三篇。〈稻〉記載了水稻品種、耕作方法。〈稻宜〉記敘了適宜種植稻米的土壤。〈水利〉記載種植稻米的水利應用。（楊徵祥）

問題與討論

1. 依據研究，全世界有一半的人口食用稻，主要在亞洲、歐洲南部和熱帶美洲及非洲部分地區。稻的總產量占世界糧食作物產量第二位，僅低於玉米。請查詢相關資料，說明⑴旱稻與水稻的不同；⑵稻的生長與構造。

2. 選文〈稻〉文末曾說：「香稻一種，取其芳氣以供貴人，收實甚少，滋益全無，不足尚也」。（有一種香米，由於含有香氣，專供富貴人家享用，但是它的產量很低，同時並沒有特別營養滋補，不值得提倡。）

〈益全香米〉：由郭益全博士領導的團隊，從民國八〇年開始，進行選育「香米」的工作，歷時九年的改良過程，於民國八九年登記命名。但在成果發表前夕，郭博士卻因勞累過渡與世長辭，為緬懷這位為臺灣稻米奉獻的研究者，因此將此品種商品名稱訂為「益全香米」。益全香米穀粒大、米粒短圓飽滿、外觀晶瑩剔透，經過烹煮後，米飯黏、彈性佳，在打開鍋蓋的那一刻，濃濃的芋頭香撲鼻而來。

你覺得，稻米是否屬於「經濟作物」（為了利潤而種植的農作物）？對於「香米」，你有何看法？

3. 《天工開物》除了文字敘述之外，還附了相當多的圖片，說明當時的生產機具，極富巧思。宋應星在〈自序〉說：「且夫王孫帝子生長深宮，御廚玉粒正香，而欲觀耒耜，尚宮錦衣方剪，而想像機絲。當斯時也，披圖一觀，如獲重寶矣」（帝王子孫、王公貴族，在深宮中長大，當廚房飄來飯香時，或許會想要看看生產這些糧食的器具；當宮裡正在剪裁光鮮亮麗的衣服時，或許會想要看看生產這些衣料的機具。這個時候，打開我這一部《天工開物》，就可以看到圖片，如獲至寶）。請查詢《天工開物》一書，介紹與本篇選文相關之圖解（耙、耔、耘、牛車、筒車、拔車、轆轤、桔槔）。

延伸閱讀

1.《宋應星評傳》（潘吉星著，南京大學出版社，二〇〇六年）。
2.《天工開物》（宋應星著，廣文書局，一九八三年）。
《天工開物》（宋應星著，潘吉星譯注，臺灣古籍出版社，二〇〇四年）。
《天工開物》（宋應星著，周游譯注，新視野圖書出版有限公司，二〇一九年）。
3. 與數學相關的傳統典籍，如三國劉徽的數學著作《海島算經》、南北朝時代祖沖之的《綴術》、唐朝王孝通的《緝古算經》、金朝李冶的《測圓海鏡》、元朝數學家朱世傑的《四元玉鑑》、明朝數學家王文素的《算學寶鑑》、數學家程大位的珠算理論著作《直指算法統宗》、數學家李之藻的《同文算指》、數學家朱載堉著有的《律呂精義》等等。
醫學方面有東漢張仲景的醫學臨床著作《傷寒雜病論》、隋朝醫學家巢元方的外科手術著作《諸病源候論》、明朝醫藥學家李時珍的《本草綱目》、明朝醫學家吳有性的溫病學派著作《瘟疫論》。
明朝茅元儀的《武備志》，記述了與軍事相關的事物。明朝屠本畯論述海洋生物專著《閩中海錯疏》。隋朝裴矩寫的《西域圖記》則記錄了西域各國地理資料。

追求現代、走入世界——我看灌園先生的《環球遊記》

許雪姬

選文

一、灌園先生歐美之旅的背景

林獻堂先生（1881-1956），族名朝琛，號灌園，台中霧峰人，從小學科舉之業，並接受世家子弟的教育。一八九五年臺灣割讓，父親林文欽（前清舉人）留台陪伴祖母，令他率全家四十多人避難泉州，實已展露其領導能力。十八歲時結婚，二十歲時父親病逝在香港，從此成爲家族的中流砥柱。一九〇二年任霧峰區長前後六年，這是他第一次出任公職，一九〇五年他獲紳章，逐漸成爲霧峰林家頂厝的領導人，人稱阿罩霧的三少爺。一九一〇年加入日治時期臺灣最有名的詩社櫟社，成爲要角；也參加一九一四年中部士紳發起建設的台中中學的具體行動；更參加《臺灣民報》的創立，並在一九三二年成爲社長。在政治方面，他在一九一四年呼應日人板垣退助的同化會，企望透過此會而得以取消來自臺灣總督府的差別待遇，可謂啼聲初試。一生中最重要的事功在一九二一年起展開，他被推選爲臺灣議會設置請願運動之領袖，主導自該年起至一九三五年的止的請願運動，前後歷經十四年十五次，雖然沒有成功，但對向日本納稅的臺灣人而言，這是堂堂正正向臺灣總督府要求政治權利的開端，人民獲得的政治啓蒙不少。一九二一年十月，臺灣文化協會成立，做爲提升臺灣人文化向上，進而追求臺灣自治的搖籃，被推爲總理而到全台各地演講、鼓吹，深受歡迎。但一九二七年初，左翼勢力的進入，造成文化協會分裂，原來的同志紛紛退出，他左右爲難，仍未退會，這時他進行了歐美之旅做爲他了解歐美社會、轉換心情的壯舉。

二、旅程與見聞

一九二七年三月蓄意已久的歐美之行終於要展開，但因騎驢出遊跌傷，以致五月十五日才成行，這時林獻堂四十七歲。同行的是剛於四月結婚的次子猶龍，以及在英國留學的長子攀龍。兩位公子隨行，除了陪伴外也充當通譯。到歐美地區做文化知性之旅，是一九一〇年他帶長子（十歲）、次子（九歲）到日本東京就學時就已許下的心願。這一路由基隆出港，經華南、香港、新加坡、埃及、義大利、法國、英國、德國、丹麥、荷蘭、比利時、摩納哥（時尚未獨立，屬法國）、瑞士、西班牙、美國，一九二八年五月二十五日抵達日本橫濱（十一月八日回台）前後共三七八天。他在巴黎滯留最久、印象最好。在旅途中他第一次面對歐美文化時，常做東西方文化主觀性的比較，並以臺灣做爲思考、比較的軸心。此行有許多收穫，如一路會見親友、故舊，如到英國遇到曾來台四十年甫回英國的英國長老教傳道局文安姑娘，在巴黎見到板橋林家林柏壽。其次得以參觀、體驗英國的上、下兩院，海德公園的自由論述，對其平民精神印象深刻；參觀摩納哥時，拿她和印度做比較，說世界上無一民族、無一土地不可獨立，摩納哥小國寡民卻能自治，印度地大物博人多，卻因無自治能力而只能做英國的殖民地。在林的政治概念中，只要能自治而後就能獨立。在美國時，他稱道美國立國的精神在平等。由林獻堂頌讚歐美的民主政治，推崇其獨立、平等、自由，其政治主張亦已思之過半矣！他對東西文化所做初步的比較，不論其是否客觀，都是一種新的嘗試。東洋人重元旦，西洋人重耶誕；西洋人重藝術家，東方人反是；西方人愛自由，東方人愛利。至於民族問題，在瑞士他體會利害相同的異族可以爲兄弟，利害相反縱骨肉可以爲仇讎的現實；在美國他對黑白人的問題、印地安人的問題有深刻的體會，認爲不同民族處於相反的地位，而希望其沒有民族偏見幾希。

這一趟行程約用掉四、五萬元，林獻堂的夥伴蔡惠如、蔣渭水都勸他省下這筆錢，做爲《臺灣民報》辦日刊之用，但他早有歐美之行的決定，故絕不打消此行，因爲他要親炙歐美異文化，爲此行留下紀錄，刊登報刊，做爲文化啓蒙的讀本。此行如果有遺憾的話，那就是因病，沒有參訪在英國自治下、可爲臺灣政治操作模範的愛爾蘭。

三、撰寫、出版《環球遊記》

林獻堂出發前已讀過康有爲《意大利遊記》、梁啓超《新大陸遊記》與《歐遊心影錄》，芥川龍之芥《中國遊記》、黃朝琴〈遊美日記〉以便琢磨遊記的寫作技巧，尋找前人走過的遊覽點，親自體驗，同時決定逐日寫日記做爲寫遊記的參考。他一路記日記、寫遊記，第一次刊登在《臺灣民報》是一九二七年八月二十八日，以〈環球一週遊記（一）〉的面貌出現，一直到（五）才改做《環球遊記》。由於一星期刊一次，又在旅遊中，供稿的壓力很大，他的兩個兒子幫了不少忙，如幫忙尋找、翻譯資料。這連載一直到一九三一年十月三日第一五二篇〈太平洋舟中（下）〉，才告完結，前後四年多。遊記到底呈現怎樣的風格與特色？遊記中充滿抗議精神，值得吟味。作者常對臺灣被殖民統治的境遇提出對日本統治的控訴，藉著與歐美做比較，而說出不少微言大意，非放在當時的時空實難理解。借著批評義大利的專制及分析美國南北獨立戰爭的原因，來控訴殖民地無高等教育，怕被殖民者有學問即不願被壓制，甚或獨立。觀察他者指出異文化的不同，對漢文化做出反省，同時表現出其對中國史事的嫻熟，也是遊記的重點之一，如遊埃及見木乃伊時，遙想當時被役使建金字塔之人，其苦當不減建萬里長城和大運河的人，但金字塔對人民無利，長城、運河則多少蒙其利；見作家雨果受到重視，但施耐庵、曹雪芹卻未如渠等之作品受人重視，也因而想到林痴仙的詩集必須要編纂。林獻堂的遊記中常流露出不迷信的個性，筆鋒常帶感情，且有表現其性格幽默之一面，實有閱讀、臥遊的價值。

當遊記在報紙刊登後，他的夫人楊水心，就是最忠實的讀者。他常有機會被邀請去分享旅遊的經驗，讓聽者透過他的觀察走向世界。如在關子嶺教會對會友講說羅馬的地下墓場、聖彼得大教堂；在桐林靈山寺連講三天，第一天有關芝加哥屠獸場之悲慘，第二天講新加坡、錫蘭、亞丁，第三天講埃及、巴黎，在當時他的旅遊經驗是頗受歡迎的。當《環球遊記》連載完畢後，親友鼓勵其集結出書，一九三二年三月開始修訂文白夾雜之處，但因工作忙，修改時斷時續，終於未能對全書做修訂，而沒有集結出書。雖然沒有出書，但林在簡荷生的力勸下，一九四一年遊記再度刊載在簡所編的《南方雜誌》，到一九四二年六月一日正好連載到英國見聞錄，此節說到女王待人親切，又說其平民化「將來君主國的壽命之最長者，其英國乎。」由於一九四一年十二月八日太平洋戰爭發生，英國是敵性國家，林還不合時宜地稱頌英國，簡直是非國民，林只得以辭去所有職務，以及寫文章謝罪；再因長谷川清總督不再追究，不准其辭去今職才告一段落。

由於曾欲全文刊載在《南方》，因此林獻堂已修改到（七三）米蘭，全書只修改了一半。一九五六年林獻堂不幸去世，乃由葉榮鐘主編《林獻堂先生紀念集》，《環球遊紀》就收錄在其中，成爲第二個版本。書中的第（一）至（七三），林獻堂修改的部分，抄自林獻堂備忘錄，自（七四）德意志見聞錄起到（一五二）止只改標題，其餘由《臺灣新民報》抄出。葉榮鐘同時也將日式漢文做了修改，如自動車改汽車、給仕改侍役、料理改菜餚，標題也做了小修改，如サヨナラパリ——改爲再會巴黎，本次《天下雜誌》的重刊應該也是利用這個版本才是。

《環球遊記》不是日本時代臺灣第一本有關歐美的遊記，第一本是一九二六年出版的《最近歐美旅行記》，這是顏國年一九二五年三月二十一日至十月二十五日遊歷美歐十六國所寫成的遊記，前後二二一日。本書雖有出版，但只供親友參考，並未正式發行，因此知道的人較少，影響有限。反觀《環球遊記》，在當時臺灣人的喉舌報《臺灣民報／臺灣新民報》連載，其影響不可謂不大。葉榮鐘曾說日治時期臺灣的文化運動是集啓蒙運動、社會運動、政治運動爲一體，說這部遊記是具有啓蒙意義的出版品，誰曰不宜。這部遊記並非一般遊記，而是關注歐美國家的政經與社會，風俗與民情之作；換言之，林獻堂長達一年的歐美之行，也非一般的旅遊，頗有學梁啓超赴歐取經之味道。他希望學習歐美之長處，對臺灣有所幫助。遊記中微言大義之處不少，希讀者細心品味。林獻堂一向被視爲臺灣政治社會運動的領導者，他文學的一面卻被疏忽了。

四、我與《環球遊記》

我之所以注意《環球遊記》，始於我要開始研究日治時期的霧峰林家，故自林家相關的資料看起，這時林獻堂先生的長孫林博正先生提供一套影印的《灌園先生日記》供我參考，第一本（一九二七）即有與歐美旅遊的相關日記，我立刻找《環球遊記》來看，一看之下欲罷不能，且略有所得，乃撰寫〈林獻堂著《環球遊記》研究〉一文。二〇一一年我取得了顏國年《最近歐美旅行記》，由於林、顏兩人前往歐美相差時間約二年多，顏由美而歐、林由歐而美，前者重工業，後者重人文風情，筆觸不同、想法各異，因之又草成〈林獻堂《環球遊記》與顏國年《最近歐美旅行記》的比較〉一文。此次重刊林獻堂的《環球遊記》，正值灌園先生逝世六十週年，以之做爲紀念，意義深遠。謹爲之序。

作者與賞析

許雪姬（西元1953～），出生於澎湖，生長於臺南。臺灣歷史學家，研究專長為臺灣史。曾任中央研究院近代史研究所研究員、臺灣史研究所創所成員，並擔任該所兩屆所長。國立臺灣大學歷史博士，主要研究二二八事件與日治臺灣人物口述歷史，並對臺灣文化的保留多有貢獻，曾總策劃《臺灣歷史辭典》，紀錄臺灣從史前至二千年以來，在政治、外交、軍事、經濟、教育、社會、文化、風俗等領域的發展脈絡，蒐集保存千幅珍貴照片與文獻書影。亦涉及編纂地方方志，並接觸文學領域，參與彙編《全臺詩》與《臺灣史料集成》等叢書，對臺灣歷史文獻的整理相當重視且不遺餘力。著有《清代臺灣的綠營》、《龍井林家的歷史》、《離散與回歸：在滿洲的臺灣人，1905－1948》等書。

本文是林獻堂《環球遊記》一書的導讀序。可藉閱讀此文窺探該書的大致面貌。因此序的開始，便介紹作者林獻堂。過去讀書人有字有號，許氏在文章篇題上尊稱林獻堂為「灌園先生」，並將林氏一生重要事蹟點出。出生霧峰的望族，林獻堂年少就頗有魄力，在臺灣割讓給日本時，率族親避難泉州，又在二十出頭歲就擔任起霧峰區長一職，進而成為族中砥柱，亦是日治時期臺灣人中的菁英，有「臺灣第一公民」之稱。林氏橫跨滿清、日本、國民黨三政權，在不同領域、各個層面均可見得其影響力。

本篇先從林獻堂遊歐美的初始背景介紹，將其間遊歷大致提及，進而細述對於撰寫遊記的大意與作者旅途中的反思，最後談及自己與這本書的淵源。林獻堂之所以離開臺灣至歐美遊歷，最主要的原因是當時「臺灣文化協會成立」，主力推動臺灣自治與文化向上的思維日增，因此邀請他於各地演講與鼓吹，然而左翼勢力介入，協會造成分裂，會員紛紛退出，在此契機下，興起至歐美考察，也藉此轉變心情。當時年近五十的他，偕同兩位兒子出遊，途中行經十餘個國家，歐洲則停留在法國時間最久，最終抵達美國，前後歷時一年多，此間他思索臺灣與西方國家的不同，將見聞寫下，並連載至當時的《臺灣民報》，連載篇數高達一五二篇，花了四年多才完成，當然也促成林獻堂預計出版《環球遊記》的心。

許雪姬身為一名歷史學者，在介紹書籍的同時，也將作者所經歷的事蹟統合敘述，讓讀者了解林獻堂遊記當中的批判精神，以及出版歷程的諸多細節。最終在林氏過世前，此書無法完全付梓，即使之後順利出版，也未能得到林氏的完整修訂，尤為可惜。許雪姬進一步比較臺灣在日治時期的第一部遊記，與林獻堂《環球遊記》的差別，第一部遊記是由顏國年在一九二六年出版的《最近歐美旅行記》，顏著重在工業技術的敘述，而林著則多重人文表達，也說明《環球遊記》在當時的重要影響力。（林宏達）

問題與討論

1. 科技發達、新知瞬息萬變，當年的林獻堂跨出他的第一步，走入世界。我們曾以為的現代，隨著時光走遠，每個人可能都即將面對在未來不可知的「現代」。就你的觀察，你認為自己的祖父母輩哪些狀況是沒有走入現代？也就此反思未來到了這個年紀的你，該如此調節自處。

2. 雖說「壯遊」是文藝復興時期以後，歐洲貴族子弟的傳統旅行方式，然而人因夢想而偉大，若有機會來一場壯遊，你最想去的地方是？為什麼？

3. 下定決心做一件事有時很困難，有沒有哪件事在你即將邁入二十歲時渴望完成的？而過去阻撓你完成的原因是？

延伸閱讀

1. 林獻堂：《林獻堂環球遊記：臺灣人世界觀首部曲》，臺北：天下雜誌公司，二〇一九年。

2. 林獻堂：〈述懷〉，收錄於《全臺詩》三十三冊，臺南：國立臺灣文學館，二〇一四年。

3. 林承俊：《旅途：三老爺林獻堂的生活日常》，臺北：上善人文基金會，二〇二一年。

4. 呂碧城：〈好萊塢諸星之宅〉，《歐美漫遊錄：九十年前民初才女的背包旅行記》，臺北：網路與書公司，二〇一三年。

5. 公共電視「青春發言人」YouTube頻道：〈臺灣史！不能只有我看到|Ep.2林獻堂環遊世界〉，網址：https://youtu.be/ToSY1TGWKy4，二〇一八年。

運動文學選

詹偉雄

選文

伸卡球藝術家——隨筆王建民紐約洋基菜鳥生涯的一場球

一九二一年，四川富商之子、二十歲的中國畫家常玉，在遠洋輪汽笛聲中來到巴黎。對他來說，眼前這個花花世界，可比頹唐中國精采多了。

由河左岸蒙帕拿斯（Monparnasse）十字街口，瞎逛到索邦大學拉丁區，穿流在聖・日耳曼（St.German）大道上的，「青菜」一個，都是翻攪二十世紀初「瘋狂年代」（Annees Folles）的響亮名字——俄羅斯立體派巨匠康定斯基；翻越庇里牛斯山而來的西班牙人畢卡索和米羅；來自另一方的義大利、專畫長頸女郎的莫迪里亞尼（Modiliani）；如夢似幻的白俄羅斯超現實主義者夏卡爾；立體主義詩人瑞士人保羅・克利；野獸派大師法國佬馬蒂斯；如果你再加上一些敲時代邊鼓的小星星，例如美國帥哥海明威、流亡革命家列寧、搞怪者杜象（Duchamp），這眞比台北中興百貨櫥窗美景壯麗上百倍的陣仗，常玉看了，可再也回不了中國了。

撥動時光捲輪，勉強而論，唯一能與當年這「巴黎盛宴」（海明威語）差堪比擬的場面，就屬二〇〇五年九月三十日那天，波士頓芬威球場，當臺灣投手王建民出場投球時，由洋基與紅襪先發球員組成的大聯盟璀璨星系了。

小王的身左與身右，分別是美聯二〇〇〇與二〇〇三年的MVP吉昂比與A-Rod；身後是二〇〇〇年世界大賽MVP游擊手隊長基特；左外野是「綠色怪物」前國字臉的那位，是東京一哥「酷斯拉」松井秀喜，右外野是棒球野獸派宗師薛菲爾德；中堅手，雖然身手老了，但那可是洋基四奪世界大賽冠軍戒指的關鍵人物——爵士樂手柏尼・威廉斯。再看紅襪，美聯首度出現的單季四十支全壘打、百分點的三、四棒——多明尼加狂漢兄弟檔奧提茲與拉米瑞茲、撲克臉豪打捕手瓦瑞泰克（美聯該年全壘打最多的蹲捕者）、棒球銷售書《白癡》（Idiot）作者兼中外野手強尼・戴蒙；而對戰的投手則是另一本暢銷書寫手（《我可不完美》）兼左手卡特球高手、曾宿醉投出無安打比賽的大衛・威爾斯。再看那些兩邊牛棚與休息區坐著的——洋基守護神李維拉（一九九九年世界大賽MVP）加上五屆賽揚獎隊友蘭迪・強森；對面的，則是去年以一只浸血紅襪改寫季後賽眼淚史、二〇〇一年世界大賽MVP得主的共和黨投手克特・席林。

由財務報表看，這些人與這些事加起來，是一筆四億美元年薪的豪華薪水單；由攻守紀錄論，則等同當今棒球藝術史的縮影——你可以這麼説，加計王建民腳底下踩的芬威球場九十三歲投手丘（民國二年啓用），這傍晚七點零五分開打的「洋基vs.紅襪」，其神聖性與迷炫度，不亞於當年常玉走上聖・日爾曼大道的第一步。

所以王建民在六又三分之二局裡投出的四安打、失五分的成績，並沒有敗。第三局抓下奧提茲投手前強襲球，傳一壘後再夾殺戴蒙於三壘前的冷靜美技，證明他在心態上，已可與眾大聯盟球星平起平坐；ESPN導播特地剪輯王建民伸卡球（sinker）的連續動作，與威爾斯擲出卡特球（cutter）畫面並列播出，已是美國棒球對臺灣投手的最高肯定與恭維。這好比常玉於一九二九年被巴黎大收藏家侯謝看中，開始以文人野獸派畫作晃蕩巴黎，那般「與神共舞」

的無言興奮，實已與世俗勝敗無關。

對棒球投手來說，飛到本壘板附近會瞬間下沉的伸卡球，並非大聯盟速球派巨投的偏愛，奪三振能力欠佳，是原因之一（它讓人出局的本領，是球棒擊到沉球的上緣，滾成內野的洩氣球）；需要冷靜的心、穩定的控球與絕佳握球手指觸感，則是原因之二，一旦預計要下沉的球兒不聽話地直來直往，被揮出安打的心碎感，很難讓人忍受。

常玉的裸女畫，在他死後三十年才取得華人收藏圈的注意，但同樣陰柔的小王東方伸卡球藝術，預計二○○七年球季三年新人資格期滿，就有五百萬美元年薪以上的訂單，當年康定斯基曾說：「美，必來自一顆內在的靈魂，而這靈魂之內在，也必是美的。」——王建民走出芬威球場那一刻，已同時走入了現代棒球的美學星光大道；這可是他的人生第一勝，不是本季第五敗。

風中的蝴蝶——鳳凰城太陽隊控球後衛Steve Nash

一八四八年，霧冬倫敦，年方三十的馬克思寫下《共產黨宣言》，「一個幽靈正縈繞在歐洲上空，這一個幽靈就是共產主義」，由第一段的第一句開始，這位大鬍子哲學家就劇力萬鈞地預言：由工廠和機器所帶來的全新生產力，將摧枯拉朽地折解掉所有傳統生活型態，「一切堅固的，都將煙消雲散；所有神聖的，都必遭受褻瀆」，然而老馬也竊笑著：就在「進步」與「矛盾」共生的大變革裡，資本主義已埋下讓共產主義發芽、令無產階級亢奮的革命種子。

這是一百五十多年前的舊故事了，而馬克思預言落空的今天，恐也再難有大革命的粉絲——除了一個人例外：三十一歲、加拿大籍的NBA鳳凰城太陽隊控球後衛奈許（Steve Nash）。在二〇〇四～五正規賽的整個冬天裡，《共產黨宣言》是他征戰客場賽事旅途上的必讀案頭書，「讀它，讓我有更好的視野（perspective），」回答《紐約時報》體育記者蘿賓斯的好奇時，奈許如斯回答。

這段一百五十多天前的舊故事，相信同樣沒多少球迷留意，但我們今天唯一能確定的是：一個幽靈正縈繞在NBA上空，這個幽靈就是「奈許主義」。

什麼是「奈許主義」，以古典經濟學的角度說：用最低的成本（三分球）、最高的效率（灌籃），毫不囉嗦地把皮球送進籃框；如果用政治經濟學的術語說，就是用最華麗的「速度資本」，徹底剝削光對手殘存的最後一滴鬥志。這是二〇〇五年球季太陽隊全聯盟戰績第一（六十二勝二十敗）、得分第一（一一〇・四）的標準戲碼：用金湯般的區域防守放任對手跳投，如果不進，就由奈許策動四人小組的快打旋風，他廣袤的視野與左右單手傳球（每場十一・五次，全聯盟第一），或一箭穿心快遞給二〇八公分少年中鋒史陶德邁爾以垂直跳一百公分的驚人彈性轟炸籃框，或穿越人牆至三分線圈邊的射手馬力昂和李察森，用長程炮火（三九・三%命中率，全聯盟第一）燃燒對手教練的胃酸。即使面對組織性的嚴防，奈許大學時以「網球」來練就的蝴蝶式過人運球，足以讓他麻辣般撕裂對手禁區，以欺敵的左手高拋摘籃，或者來個奏鳴曲自然轉調般的曼妙擋切，讓小馬與小史吹著口哨扣入籃網。

奈許主控的新打法，徹底拆解了近十年受「沉悶防守」與「半場組織」綑綁的老舊NBA意識型態，區域聯防固然洩漏不少外線空檔給對手，但穿梭地板的奈許與縱情於天空的小史，卻召回了職業籃球最珍貴的靈魂——美麗與進取的得分。

一頭如花亂髮的奈許，從不彰顯憤怒與狂喜，每一趟花式得分或抱憾失投後，他深邃而靜謐的眼神，彷彿穿透場館外牆，直達亞利桑那的沙漠，向星空中的神祇探問那終極攻防的眞義。加州聖塔克拉拉大學社會系畢業後，職業球員生涯並沒有中斷他的思考與閱讀習慣，他於場間出賽旅程裡閱讀的作家清單除了馬克思，還包括善寫悲涼中年（以同名電影《潮浪王子》知名）的美國小說家Pat Conroy、《麥田捕手》的沙林傑、《塊肉餘生》的狄更斯、以No Logo聞名的反全球化行動主義者克萊恩小姐（Naomi Klein），以及讓隊友「搖頭無言」的哲學家康德。在NBA高階職場上，奈許大概也是唯一不幫運動品牌代言的球星；每場他所屬球隊的賽事，奈許都會買票邀請慈善團體來看球。兩千年雪梨奧運，他婉拒加拿大國家隊準備的頭等艙機票，還暗中掏錢資助每位年輕隊友三千美金。

如果你曾是個左派，也曾經在「左」的少年時代裡領略過籃球的草根快感，你怎能錯過今年熾熱的夏天，那一場場由全聯盟助攻王兼MVP奈許所領軍、「讓所有神聖的，都必遭褻瀆」的太陽隊季後賽？

作者與賞析

詹偉雄（西元1961～），臺中市豐原區人。臺大圖書館學系、臺大新聞研究所畢業。曾參與博客來網路書店與《數位時代》、《Soul》、《Gigs》、《短篇小說》等多本雜誌之創辦；著有《美學的經濟》、《球手之美學：運動的52個文學視角》、《風格的技術》等書。是名創業家、也是社會觀察家和作家，二〇一五年開始探索山林，八年內完成攀登百岳的紀錄，並製作山岳節目，把臺灣山林之美記錄下來。目前專注於各種運動、設計、美學、感官、飲食、時尚，以及技術、經濟、知識史等學問，並能將之融會貫通，形成個人特殊的寫作風格與內涵。

二〇〇五年，詹偉雄出版《美學的經濟》後，掀起臺灣對於設計美學追逐之熱潮。此後，他又在《中國時報》的人間副刊「三少四壯」專欄撰寫系列運動文章，隨著各項運動的球季轉變，從棒球、籃球、網球一直談到高爾夫球、足球，再度掀起一片討論熱潮，也顯示其個人對於國內外運動的深入關注與見解。

詹偉雄的《球手之美學：運動的52個文學視角》共計有五十二篇作品，其中以二十四篇的棒球作品最多，其次為籃球十二篇、足球七篇、其他的類型有九篇。本書雖然標題為「運動的52個文學視角」，但其內容還是以職業棒球、籃球為主，並旁及其他領域，甚至於非運動的音樂與文學等；因作者的寫作風格本來就不拘一格，比如會將藝術與球類運動對舉、政治思想與球星風格對照等，故而以運動文學為主，再以其他領域的搭配或輔佐，構成深廣且多層次的書寫特色。

臺灣的運動文學名家有陳正益、翁嘉銘、劉大任、唐諾等人，不同於這些作者擅於長期關注運動員的專業表現與成長歷程等，詹偉雄則往往以不同的角度切入，帶給讀者全然不同的閱讀衝擊與新鮮感。

〈伸卡球藝術家——隨筆王建民紐約洋基菜鳥生涯的一場球〉與〈風中的蝴蝶——鳳凰城太陽隊控球後衛Steve Nash〉分別是書寫「美國職業棒球大聯盟」（Major League Baseball，縮寫：MLB）的臺灣球星王建民，以及美國的「國家籃球協會」（National Basketball Association，縮寫：NBA）的加拿大球星奈許。兩篇文章的開端都將時空拉得很遠，如〈伸卡球藝術家——隨筆王建民紐約洋基菜鳥生涯的一場球〉將一九二一年踏上巴黎的中國畫家常玉，與二〇〇五年九月三十日踏上美國波士頓「芬威球場」（Fenway Park）投手丘的王建民進行對照比較；〈風中的蝴蝶——鳳凰城太陽隊控球後衛Steve Nash〉則是將一八四八年在倫敦的冬天寫下《共產黨宣言》的馬克思，與二〇〇四至二〇〇五年球季的鳳凰城太陽隊控球後衛奈許形成聯想。

王建民是出身臺灣的職棒球員，雖然有絕佳的身材條件，但卻在高中以後才逐漸嶄露頭角，後來就讀臺北體育學院時，球技更有了突破性的進步。二〇〇〇年五月六日，與紐約洋基隊（New York Yankees）簽下合約，並展開小聯盟的生涯。美國職棒大聯盟旗下的小聯盟競爭相當激烈，上升的層級極為嚴苛。簡單而言，小聯盟就像是大聯盟球隊的農場，以培養球員戰力提供大聯盟比賽為目的，因此依據實力與養成目標設立不同層級，依序為「新人聯盟」、「短期1A」、「低階1A」、「高階1A」、「2A」、「3A」，能夠通過小聯盟層層考驗者才有機會登上大聯盟，其競爭激烈可見一斑。

王建民在二〇〇〇年從短期1A展開小聯盟生涯，期間經歷肩膀受傷開刀等挫折，直到二〇〇四年才升上3A。在3A教練的指導下，王建民嘗試練習「伸卡球」（Sinker），這是一種下沉的變化球，主要目的在於讓打者擊中球的上緣而製造滾地球出局，而非造成揮空棒為主。掌握了伸卡球訣竅後的王建民在3A層級表現漸入佳境，終於在二〇〇五年四月二十六日升上大聯盟，這也是繼二〇〇二年的陳金鋒（打者）、二〇〇三年的曹錦輝（投手）之後，第三位登上大聯盟殿堂的臺灣球員。

作者選擇書寫的場次並非王建民在二〇〇五年四月三十日大聯盟初登板對上多倫多藍鳥隊，也不是同年五月十日對上西雅圖水手隊取得生涯首勝的場次，而是著墨於同年九月三十日王建民首次在波士頓紅襪隊的主場「芬威球場」登板現場。如果有留意美國職棒大聯盟的人，都會對「芬威球場」的歷史意義與洋基、紅襪世仇不陌生。棒球是重視歷史與帶有迷信色彩的運動，這也是它與其他運動較大的區別，芬威球場建於一九一二年，是現今大聯盟所使用中的最古老場地，也已被列為美國的國家歷史古蹟，外觀以紅磚為主題，飄散著一股古色古香的懷舊風味。球場內觀眾席的座椅也是一九三三年安裝的窄小摺疊木板凳，這種懷舊設備可以讓球迷每次入場都能再次找到初次進場所坐的位置；不同於各個嶄新的球場爭相架設最新的電子設備，芬威球場中外野的記分板還是維持百年前的傳統，由工作人員藏身在計分板後面，並根據場上狀況手動更新資訊，這也是芬威球場看球的一個小趣味。當然，這些原始裝置的保留除了懷舊因素之外，也是象徵百年芬威球場是球員、球迷心目中的棒球聖地，王建民踏上芬威球場的投手丘就像是當年常玉踏上藝術聖地巴黎一般，這也是詹偉雄刻意書寫這場比賽的重要因素。

有了聖地，當然得有傳奇，當時初出茅廬的王建民就被這些傳奇球星包圍著。作者先介紹兩邊的先發球員：站在投手丘上的王建民左邊是曾五度入選明星賽的一壘手吉昂比（Jason Gilbert Giambi）；右邊是曾十四度入選明星賽，並拿過多次打擊獎項的三壘手A-Rod（Alexander Emmanuel Rodriguez）；身後是曾獲得美國職棒大聯盟明星賽最有價值球員獎、五次金手套獎，後來於二〇二〇年入選「名人堂」的游擊手基特（Derek Sanderson Jeter）；左外野手是綽號「酷斯拉」，曾經在日本職棒擊出三三二支全壘打的松井秀喜；右外野手是曾經九度入選明星賽的薛菲爾德（Gary Sheffield）；中外野手則是明星外野手兼歌手威廉斯（Bernie Williams）；在洋基的「牛棚」（Bullpen）與休息區的投手有創造六五二場救援成功紀錄、二〇一九年以百分之百得票率進入名人堂的李維拉（Mariano Rivera），生涯奪下三〇三勝的「巨怪」蘭迪．強生（Randy Johnson）。而對手紅襪隊的陣容也是星光熠熠，野手有多明尼加強打搭檔奧提茲（David Américo Ortiz Arias）、拉米瑞茲（Manny Ramirez）、曾獲「金手套獎」與「銀棒獎」的全能捕手瓦瑞泰克（Jason Andrew Varitek）、曾創下單場最多六支安打的強打外野手強尼．戴蒙（Johnny Damon）。王建民的對戰投手是曾投出「完全比賽」，也是一九九八年美聯冠軍賽MVP的大衛．威爾斯（David Lee Wells），另外休息區還有兩屆國家聯盟三振王克特．席林（Curt Schilling）等人，可謂眾星雲集。

事實上，王建民的這場比賽是以敗戰收場；但作者強調他之所以沒有敗的原因，乃是王建民戰勝了壓力，展現了超乎新人的成熟度，在群星的的圍繞之下，依舊能展現大將之風，穩健的完成先發投手的任務。經此一役的洗禮，王建民不只與傳奇球星有了交會，他自己也走上了傳奇的道路。

文章接著寫到強調力量與爆發力的美國職棒大聯盟普遍追求球速與三振能力，對於需要透過守備幫助才能拿下出局數的伸卡球投手並不受青睞。事實上，也有許多球迷認為比起令人血脈賁張的強力奪三振，靠著製造滾地球抓打者的伸卡球，總不免有很高的運氣成分。然而，王建民將具有東方陰柔美學的伸卡球掌握得出神入化，頻頻讓對方打者鎩羽而歸，充分發揮以柔克剛的精髓，這樣的運動美學展現，其實是可以和融合中西畫風，作品被稱為「東方馬諦斯」、「自由中國的莫迪利亞尼」的常玉相媲美。另外，王建民又有著「沉默的王牌」之稱，沉默不張揚的低調性格，就如他的投球風格，不求美式的個人英雄主義，而是透過防守，講求團隊的合作，將贏球的功勞與團隊共同享有，這也可以視為東方的人文美學的展現。

〈風中的蝴蝶——鳳凰城太陽隊控球後衛Steve Nash〉也是採取古今對照的方式書寫。先寫一百五十多年前的一八四八年，年僅三十歲的馬克思在倫敦寫下《共產黨宣言》，並預言將興起共產主義大革命的往事。接著再描述一百五十多年後的二〇〇四－二〇〇五年NBA球季，鳳凰城太陽隊（Phoenix Suns）的三十一歲控球後衛奈許所創造的「奈許主義」。不過，馬克思的預言「一個幽靈正縈繞在歐洲的上空，這一個幽靈就是共產主義」落空，而縈繞在NBA上空的「奈許主義」幽靈卻正衝擊著NBA的老舊意識型態。接著，作者就著墨於「奈許主義」的說明：相對於強調經濟型態革命的共產主義，作者將奈許主義的得分方式與古典經濟學相提並論；而將來球場上的攻防模式與政治經濟學相類比。

作者強調奈許是「控球後衛」（Point guard），這是有別於另一類「得分後衛」（Shooting guard）的特質。得分後衛在過去曾經一度成為場上的亮點，比如Michael Jordan和Kobe Bryant都是籃壇的巨星，自然也是球場上的焦點；相對的，控球後衛是以球場指揮官的角色，負責掌控進攻節奏，透過穿針引線的送球技巧，製造隊友的得分機會，因此，經常成為默默耕耘而缺乏明星光環的角色。而奈許所扮演的控球後衛實踐了「奈許主義」，進而創造古典經濟學與政治經濟學的價值。在得分方面，奈許靠著廣袤的視野與精準的判斷，也就是精準的「解讀比賽」能力，將球送往最有利的位置，時而將球傳至三分線外，為隊上的射手製造機會，在避免衝撞禁區的最低的成本條件之下，創造最高的得分效益；有時奈許也會伺機精準的將球快傳至籃下的二〇八公分中鋒史陶德邁爾（Amar'e Carsares Stoudemire）的手中，再以輕鬆且穩健的灌籃方式得分，這種高效益低成本的得分方式，作者將之比為「古典經濟學」。在之前的NBA籃球流行的防守方式為保守的區域聯防，與較為單調且體力負荷較低的半場盯人防守，使得攻守雙方的節奏較為呆版，對於講求商業效益與視覺效果的職業運動產生了不利的因素。作者認為奈許主義的另一個革命性表現就是藉由蝴蝶飛舞般的飄忽不定步伐穿梭於禁區，再藉由明快的運、傳球，破壞對方的防守，以華麗的進攻組織，瓦解對手傳統的防守陣式，進而瓦解其鬥志，作者將之比為「政治經濟學」。這種充滿速度與技巧美感的進攻，召回了職業籃球的靈魂，也就是「美麗與進取的得分」。這不僅是創造個人的價值，也為NBA注入新的活力，正如作者所說的縈繞在NBA上空的幽靈——奈許主義。

文章的後半段再進入奈許的個人思想行為及其背景介紹，作者在文章開頭先寫馬克思的《共產黨宣言》，除了藉由其內容所云：「由工廠和機器所帶來的全新生產力，將摧枯拉朽地拆解掉所有傳統生活型態」以呼應奈許在NBA球場上的全新進攻思維，並以此瓦解傳統的防守型態。另外，馬克思主張的沒有階級制度的思想，雖然未能真正實踐於現實之中，但奈許卻能將這種平等、分享的精神實踐於自我生活之中，比如他在主場球賽自費邀請慈善團體看球，兩千年雪梨奧運代表加拿大國家出賽時，婉拒頭等艙的優惠，寧可和隊友一視同仁，共同搭乘經濟艙，甚至暗中掏錢資助每位年輕的隊友三千美元。可見，作者在對文章的前後呼應與內容的串聯關係處理得相當細膩。

〈伸卡球藝術家——隨筆王建民紐約洋基菜鳥生涯的一場球〉與〈風中的蝴蝶——鳳凰城太陽隊控球後衛Steve Nash〉雖然是針對不同的運動所寫，主角也有著極大的差異；不過，作者卻能透過這篇文章將球類團體運動的精神特色展現出來。比如王建民的招牌伸卡球製造的滾地球就是必須依靠團隊的合作才能完成出局數，奈許的控球穿針引線，在靈活穿梭之中，吸引對方防守的注意力，給隊友製造空檔，並伺機傳球取分。

王建民與奈許都是傑出的運動員，他們能夠創造團隊的價值、成就他人，而不以個人的紀錄或是英雄主義為追逐目標，這也是他們在世界最高的競技殿堂上能夠受到肯定的重要因素。

（曾金承）

問題與討論

1. 運動競技經常是以力量、速度為追求目標，但翩翩慢舞的蝴蝶卻經常是傑出運動員模仿的對象，比如棒球場上飄忽不定的「蝴蝶球」、拳壇傳奇人物阿里的「蝴蝶步」以及本文中奈許的蝴蝶式過人等。請問，這樣的特殊關聯能帶給你什麼啟示？
2. 在運動方面，你有偶像人物嗎？如果有，他們吸引你的特質為何？
3. 作者的文章擅於將不同領域的名人進行連結，你認為這樣的跨域連結論述有何優缺點？

延伸閱讀

1. 劉大任：《強悍而美麗》，臺北：皇冠文化出版社，一九九八年。
2. 村上村樹著，賴明珠譯：《關於跑步，我說的其實是……》，臺北：時報文化出版企業股份有限公司，二〇〇八年。
3. 鍾宗憲等：《體育班的語文教室：運動文學選》，臺北：五南圖書出版股份有限公司，二〇二〇年。

賽跑，在網中

顏擇雅

選文

跟其他網站相比，臉書❶一大特色，就是數字特別多：通知數、來訊數、朋友數。一進入臉書就必須接受：這是數字主宰的世界。

在這裡，數字會影響你的心情，你的判斷。抱怨一下半夜失眠，幾個讚❷代

---

❶臉書：臉書正式名稱為Facebook。「臉書」是臺灣人對Facebook的中文直譯通稱，或簡稱其為FB。Facebook截至二〇二三年為止仍是全球用戶量最高的社交媒體平臺，達二十億人以上。最初由美國馬克・艾略特・祖克柏（Mark Elliot Zuckerberg，1984年—）於二〇〇四年與其哈佛的同學們一起創立，最先僅為哈佛大學校內學生註冊使用，二〇〇六年正式對外開放給年滿十三歲以上，持有效e-mail者皆可註冊為用戶。最初的公司名字是TheFacebook.com，後簡化為Facebook。二〇二一年十月二十八日，祖克柏將公司改名為Meta。目前Meta公司底下除了Facebook，也陸續併購Instagram、WhatsApp、Oculus、Giphy和Mapillary等，是全球極具影響力的網路科技公司之一。

❷讚：為Facebook的用戶發文之後，其他用戶瀏覽之後的反饋功能鍵，英文是Like，中文系統中為

表世界還有人陪你醒著，半晌無一讚則害你更睡不著。發一篇無聊雞湯文，如果分享眾多，你很難不感到飄飄然，自認是作家了。

數字最能激起比較之心。學生時代考試分數沒公開，但老師發考卷回來，底下一定互相探聽同學都考幾分。公開數字更不用講。臉書雖有隱私設定，朋友名單可隱藏，按讚數和分享數卻攤在陽光下。這裡人氣無所遁藏，有數字爲證。

點進去看舊日情敵的塗鴉牆，除了看見他現任女友相貌美醜，也一眼可知他享有多少人氣。人氣從來不是輕如鴻毛。亞塞．米勒《推銷員之死》❸主角一大悲哀，正是生前最愛拿人氣跟妻子吹噓，自殺後卻沒人來參加告別式。在臉書時代，這主角只要換大頭照無人回應，身後妻小自然知道一切從簡。

「讚」字。Facbook初始只有「讚」（like）」的反饋機制，直至二〇一六年新增五種情緒反應——「大心」（Love）、「哈」（Haha）、「哇」（Wow）、「嗚」（Sad）及「怒」（Angry）。

❸推銷員之死：美國劇作家亞瑟．米勒（Arthur Miller，1915-2005）的劇本，此劇圍繞在資本主義社會底下掙扎著的主角威力．羅曼這位推銷員身上，他一生當中盲目追求不切實際的成功及對自己的兒子寄予厚望，現實生活卻遭受冷落與挫敗，最終駕車自撞自殺以保險費成全兒子的夢想。此劇在二十世紀造成相當的轟動與好評，獲得一九四九年普立茲獎。

然而，臉書人氣卻有一點跟現實不同，就是需要經營。葛麗泰・嘉寶[4]不露臉幾十年，女神地位只有更鞏固，臉書卻不行，必須時時勤拂拭，不然就人走茶涼。這是臉書易上癮一大原因，更新了動態，就必須回來檢查，順便看看別人發什麼文。你回應別人，別人回應你，這就是臉書賺眼球的方式。

把人氣轉成數字卻有個問題，人氣這東西可以量化嗎？所有測量數值都有類似問題。一國生活水平量化，就是國內生產毛額。產製愛的小手努力推銷，絕對有增加國內生產毛額，但這增加有何意義？產銷商賺到錢是眞的，但小孩挨打會痛也是眞的。痛到嚎啕大哭吵到鄰居，生活水平不進反退就不只是小孩，還有不得安寧的整棟公寓。

臉書數字最可商榷處，正是那個讚字。英文是「like」，喜歡。《推銷員之死》主角主張，被喜歡是人生第一要事。這需求臉書聽到了，遂給所有動態都安排一個按鈕「讚」。奇妙的是只可按「讚」，卻沒「不讚」或「無感」可

[4] 葛麗泰・嘉寶：（Greta Garbo，1905-1990），瑞典人，二十世紀好萊塢超級巨星，著名電影有《茶花女》《安娜・卡列妮那》等。一九五四年獲奧斯卡終身成就獎得主。除了美貌與演技，更因私生活極其神祕，熱愛獨處出名。

按，如此「讚」的意義就奇寬無比。

有人哀悼親人往生，下面也許多讚。不可能是喜歡死亡吧，難道是嘉許悼文詞采妥切？或許沒細讀，純想表現善意？還是按讚只是順手，等於標記：「朕知道了，下次略過」？

對他人悼亡無感，當然不是朋友。友誼最基本不是同理嗎？單純以一個「讚」概括人際各種可能的喜怒哀樂強弱濃淡，朋友與非朋友中間那條線一定模糊。

在臉書時代，二者之間已不是一條線，而是「臉友」這詞所代表的灰色地帶了。這是中文比英文準確的一點，因爲不管臉友還是朋友，英文都用friend，不加區分。但中文使用者也不是一加入臉書就知區分，誰一開始不是只想加生活中認識的人呢？但沒多久就破戒，也許是渴知產業風吹草動，也許是關心受虐貓狗傷勢，反正就是某角落有群人湊一起閒聊，你超想加入，只好發出加友邀請。一旦破例，沒再加第二、第三位說不過去。很快臉友數破三百，半數並無一面之緣，有的搞不好只有一讚之緣。

一讚之緣當然只是臉友，但累積到千讚呢？彼此關注動態，頻頻互相留言，這樣跟朋友有何差別？如果只是沒見過面，別忘了，古人許多見面相聚往往空洞，像孔子罵的：「群居終日，言不及義，好行小慧，難矣哉。」這種聚會並沒眞友誼，頂多證明誰誰誰一掛而已。還有《漢書・游俠傳》這位陳遵：「每大飲，賓客滿堂，輒關門，取客車轄投井，雖有急，終不得去。」⑤這種人再怎麼講義氣，做臉友還是比較好吧。既破壞財物又侵犯人身自由，他的「賓客滿堂」我是絕不參加的。

當然，我們不會想跟每位臉友變朋友，但晤言不再限於一室之內，卻大增交友的可能。韋應物的「舊交日千里，隔我浮與沉」如今已不成問題。本來我們在轉學、換工作後常有李商隱「新知遭薄俗，舊好隔良緣」⑥的感嘆，如今拜臉書之賜，「舊好」已隨時可對話，「新知」也不限於學校、工作場合遇到的了。

⑤陳遵（前一世紀—二〇年代），字孟公，為西漢著名游俠，被封為嘉威侯。以放縱不拘、嗜酒好客聞名。每次宴會總會關起大門，將客人的車軸上的銷釘抽出丟入井裡，不醉不歸，不讓客人離去。投轄留賓、陳遵投轄等成語後都泛指為主人好客。

⑥前句「舊交日千里，隔我浮與沉」詩句引自韋應物（737-791）〈擬古詩十二首〉，意旨老友與自己相隔甚遠。後句「新知遭薄俗，舊交隔良緣」引自李商隱（813-858）的〈風雨〉，意旨新朋友容易遭受輕薄世俗的非難，舊朋友又因疏遠阻隔良緣。兩句詩都有與舊友疏遠之憾。

說臉書可帶來眞友誼，許多人也許不信。然而從古至今，友誼內涵本就不是一成不變。今日朋友不管如何意氣相投，稱兄道弟，也不會像蒙田，寫〈論友誼〉❼時明明已經結婚，卻稱亡友才是「另一半」。今日兩個大男人睡覺蓋一條被，別人一定認定是斷背山；純友情而走路手拉手，則是國小女生。然而杜甫懷念李白卻有「醉眠秋共被，攜手日同行」❽之句，沒人覺得肉麻。

許多人不屑臉書，因爲太多吃喝玩樂，不就是炫耀嗎？殊不知，炫耀是否値得同理，也因人而異。大財主炫富令人討厭，大財主的媽媽炫耀兒子會賺錢更是討厭加三級。但如果凡夫俗子炫耀一下小小快意，那就另當別論。

契訶夫〈吻〉❾寫的就是這麼一位凡夫俗子。小兵去豪宅作客，誤闖伸手

❼蒙田：米歇爾・德・蒙田，（Michel Montaigne，1533—1592），西方文藝復興時期法國哲學家，著有《隨筆集》三卷。《隨筆集》以短文形式敘述特定主題，其中〈論友誼〉是極具代表性的章節，此篇描寫他與好友博埃希莫逆之交的情誼。

❽出自杜甫（712-770）的《與李十二白同尋范十隱居》，此為一首排律。詩中「醉眠秋共被，攜手日同行」是形容與李白夜裡同床共被，白天攜手同行的親密友情關係。

❾契訶夫：安東・帕夫洛維奇・契訶夫（Anton Pavlovich Chekhov，1860-1904年），十九世紀末俄國短篇小說家，同時也是一位醫生。以幽默諷刺的文筆風格聞名，〈吻〉這篇小說寫於一八八七年。

不見五指的房間，不知哪裡冒出一位香噴噴小姐抱住他吻一下就奪門而出，他當然知道吻錯了，卻還是自珍自愛那幸運的臉頰方寸，拚命揣想小姐的相貌身分，喜孜孜一夜一天，再來需求是什麼？當然是炫耀！沒想到，想起來綿綿無絕期的一吻，竟然兩三句就講完，同袍發覺沒香豔可聽，反應冷之又冷。

這就是沒有臉書的悲哀。若在今日，小兵只要上傳幾張豪宅美食照，再寫：「另有小小豔遇，雖無照片爲證，心臟依然快速跳動著。」下面就會有一堆讚，再加「超羨慕」或「怎沒揪」之類的留言。

凡夫俗子的人生總是辛苦無聊，享樂也往往像契訶夫筆下的暗室驚吻一般稍縱即逝。拿出來炫耀，不過想延長一下腦內啡分泌而已，這是很卑微的需求。孔子看不起「友善柔」，殊不知偶爾善柔一下是只有朋友可以展現也最應展現的同理。常言「患難見眞情」，但不是亂世，陷入患難應只有少數才對。對多數來說，「炫耀見眞情」實際多了：你在星級飯店打卡，眞朋友就應該留言「你値得」。誰如果只惱恨人生不公平，不給讚還取消關注，就不是朋友。

現實中，非朋友變朋友常需要交往一陣，少數是一見如故。朋友變非朋友，正常狀況是疏遠，少數才是絕交斷交。友誼不像親子手足有切不斷的血緣，不像婚姻有契約束縛，亦不像愛情受賀爾蒙宰制。因爲只憑理性意願取捨自由，最能顯露品德，哲學家才特別喜歡論述。

這自由呈現在臉書，就是加友刪友。這裡中英文不一樣。本來英文friend只是名詞，交友要說「make friend」。既說make，表示友誼需要心思力氣，一番敲打拿捏才漸漸形成樣子。有臉書後，friend卻變動詞，交友就像吹口氣毫毛變大聖，unfriend則是法力消失變回毫毛。對比之下，中文的加友刪友聽起來就不仙不魔，就是一本名冊，隨時需要編輯。

所謂編輯，常是看到一句粗魯留言馬上刪友，或邀請太多懶得篩選乾脆一口氣加友數十。若非臉書設上限，許多人眞會加到五千以上，將來再刪。問題來了：臉書有增加朋友數嗎？

關於朋友數，這領域的權威是牛津大學演化心理學家羅賓・鄧巴（Robin Dunbar）[10]。他觀察，人類交往圈是大腦新皮質大小決定，成員雖會變動，不同親疏程度的數目卻不變。若把泛泛之交也算進來，交往圈平均應是一百五十，

[10] 羅賓・鄧巴：羅賓・伊恩・麥克唐納・鄧巴（Robin Ian MacDonald Dunbar，1947年—）是英國生物人類學家、演化心理學家。

有吃飯喝酒交情的通常是五十，失意可傾心的數目則是五。這就是所謂「鄧巴數」。

鄧巴發展出一套人腦演化理論。不是所有社群動物都需要交友，魚雖然集體覓食，卻不分工，因此不需辨認彼此。靈長類腦力先進多了，同群有尊卑，有親疏，需要互助育幼，因此不只需要以聲音、外表相認，還互相理毛。然後，人類遠祖從森林移居草原，爲了應付危機四伏，身手必須更靈活，合作也必須更多元，於是人類學會講話。聊天不只跟理毛一樣連絡感情，還節省時間，不必占用雙手。

這麼說來，臉書其實與猴子理毛是一脈相承，都是維繫社群的手段，只是越來越有效率而已。果然，依據鄧巴研究，臉書內外「鄧巴數」都一樣，就算臉友數五千，實質互動依然只有一百五十上下，最密切依然差不多五位。

這就要講到臉書取名的由來。「臉」字是它本來只收集辣妹美照，供哈佛男生把妹參考用。這麼說來，它一開始的設計，就抓住人類「社會腦」核心：認臉。除非臉盲，這能力是人類一出生就有，到老都不退化的，不像語言學習，成年就大大不行。嬰兒出生沒多久眼睛就知搜尋人臉，不是人臉好看，而是人類天生有透過臉去認識人的需求，這是臉書易上癮另一原因。

至於「書」：臉書的確可以閱讀。但跟書不一樣的是它無終始，隨時可插入，可離開，跳幾頁也不覺遺漏。又因爲每則動態只是切片，上下風馬牛不相及，不需注意力持久，是零碎時間最好排遣。這點也讓人易上癮。

事實上，臉書只有對用户來說才是書，對臉書這家公司來說，它是一張網。用户增加，就是網越來越大。按讚、留言、分享，就是網線越來越粗、越來越糾纏。我們每人都是數十億網點中的一點。王熙鳳跟劉老老說：「朝廷還有三門子窮親呢」[11]，臉書不只能看見劉老老是一個點，皇帝是不遠處另一點，臉書還知道，劉老老只要加誰再加誰，就可跟皇帝有共同臉友。

也就是說，臉書知道所有人在網上的確切位置，我們則不知道。連位置都不知，遑論我們跟他人遠近了。臉書也代我們決定，每次打開臉書，入眼的五則動態是哪五則。在我們下線時間，我們所關注的臉友、專頁新動態應該起碼

[11] 典故出自《紅樓夢》第六回，劉老老與王夫人有遠親關係，因為家境艱難，選擇拜訪榮國府，由王熙鳳接濟。王熙鳳知曉劉老老的遠親身分與來意，所以說了「朝廷還有三門子窮親呢，何況妳我」這句話以緩解劉老老的侷促不安。

一千吧，臉書卻挑這五則出來，背後運算法是不分享也不給討論的。

這就回到前文講的，臉書所帶動的人氣比較。你也不時更新，我也不時更新，都是爲了這運算法。它就像路易斯・卡洛爾小說《鏡中奇緣》那位紅色皇后，在她主持的賽跑中，人人都必須沒命地跑，才能留在原地⑫。紅色皇后認爲，只有在很慢的世界，才有向前跑這種事。

即使在慢世界，也有人跑輸，例如告別式沒人來的《推銷員之死》主角。若在臉書世界，人氣再怎麼不行，兒子寫悼文也一定有人按讚吧。但如果跟父親只是純臉友，給兒子按讚後應也會刪掉父親，這是例行編輯動作。

我有一位亡友，走好幾年了，但我從不考慮刪她。雖然她的塗鴉牆我該按

---

⑫鏡中奇緣（Through the Looking-Glass, and What Alice Found There），又譯為《愛麗絲鏡中奇遇》，是《愛麗絲夢遊仙境》的續作。作家為路易斯・卡羅（Charles Lutwidge Dodgson，1832—1898）。愛麗絲歷險時與紅皇后一起賽跑，卻怎麼跑仍停留原地。愛麗絲說：「在我們那裡，這樣跑步早已跑向其他地方。」紅皇后說：「在我們這裡，要拼命跑，才能停留在原地。」值得一提的是，這個說法後來被生物學家范華倫（Leigh van Valen）提出紅皇后假說，表示物種之間為了生存，必須不停歇地演化、最佳化，才能與對抗捕食者與競爭者，才能維持在這個看似原地，實則進展飛速的世界之中。相似的概念猶如：「逆水行舟，不進則退」。

讚的都按了，該留言也留言了，但我還是不時會搜尋她出來：滑到最底下有她出生那年，再來是她加入臉書那年，最上面卻沒註明她死亡那年。臉書當然知道我仍關注她，但運算法已不可能再把她的動態送來我首頁，時間在這帳戶已經凝固。

我們所有帳户的未來都是如此。我們身處其中的網持續擴大，新世代加入賽跑，舊世代漸漸「訪舊半爲鬼」。等你老到不想再更新，臉友根本不知你只是懶，還是閻王那本不停重編的名冊最近已經註銷你名字。如果有人爲你發悼文，識與不識都會按讚。但只有眞朋友會在多年後回來重訪你的塗鴉牆，並渴望有某種運算法把你的消息送回他首頁。

作者與賞析

顏擇雅，一九六七年生，本名顏秀娟，柏克萊加州大學畢業，主修比較文學。身兼翻譯家、作家與出版家。曾翻譯珍・奧斯汀《理性與感性》，並著有散文集《愛還是錯愛》、《向康德學習請客吃飯》與《最低的水果摘完以後》。二〇〇二年顏擇雅創立雅言文化出版社，出版如《世界是平的》、《正義：一場思辨之旅》等多本暢銷書籍。顏擇雅更是一位寫作經驗豐富的專欄作家，曾為《民生報》《中國時報》《台北時報》《天下雜誌》《印刻文學》撰寫專專文，題材廣泛如政治、社會、教育、國際、經濟產業等。並獲得第三十八屆金鼎獎專欄寫作獎及九歌年度散文獎的肯定，本篇〈賽跑，在網中〉即為她在《印刻文學》的專欄文章，並獲得二〇一八九歌年度散文獎的得獎之作。

顏擇雅眼光獨到，擅長社會觀察，能敏銳體察時局變遷、感受社會氛圍及人性隱微的變化。〈賽跑，在網中〉最先刊登於二〇一七年《印刻文學》二月號，由於文中直擊「臉書」（facebook）社交軟體在生活中造成的影響，直觀反思其中的深刻人情冷暖，後經風傳媒等各網路群轉載，引起熱議與共鳴。

〈賽跑，在網中〉生動刻畫大眾使用社群軟體時產生的競逐心態，在意各種數字的成長，並且必須非常積極經營才能活在演算法之中。然而當人們過渡依賴便利的互動功能，卻可能因此簡化人與人之間更細微、真摯的情感，這個現象更值得品味與深思。

文中先敘述臉書各種數字符號（如通知數、來訊數等）對使用者心情的影響，對於人氣量化的社會反思。並洞悉社群軟體的互動功能鍵如按讚、交友、刪友的設定，使共感情緒及朋友身分認定的界線變得模糊。爾後暫時跳離臉書使用細節，歷時性分析物種演化的社群需求，戲謔將臉書經營與理猴毛並列；並宏觀臉書公司的演算法底下，在網路地越漸擴大與糾纏中，思考存在的意義。但無論是演化還是演算，我們都只是其中拼命經營、奔跑才能勉強維持生態平衡的一份子。文末轉折作者個人的生活故事，作者時常瀏覽一位亡故友人無法再經營的臉書頁面。反思人們交流之間最真實的，是因為相處過、珍惜過，所以能跨越時間、空間，甚至跨越演算法的情感記憶，頗有相交滿天下，知心能幾人之慨。

全文犀利幽默，又能親切援引網路用語，其中貫穿全文的《推銷員之死》，還有末段引用的路易斯・卡洛爾小說《鏡中奇緣》更能隱喻網路世界的徒勞與虛無。在探討臉書社群軟體如何影響人際關係的過程中，更可看見作者極為博學，從容調度生物演化、人類心理、中西文學、網路資訊、社會文化等綜合資源來支持自己觀點的跨域能力。（周盈秀）

問題與討論

1. 〈賽跑，在網中〉的賽跑是什麼？「賽跑」這個行動代表著哪些涵義？根據全文所表現，在網中的賽跑又是什麼樣的情形？
2. 網路社群軟體的社交模式，有著社交距離更短、回應更迅速、情緒反饋更簡化、必須積極經營等現象，還有哪些面向與現實生活有異，也值得觀察？
3. 從網路社群時常可見時事議題被多處轉發與討論，許多發燒新聞都有名人、作家依據各自的立場闡述己見。請分享最近你在網路中最關心的時事議題，並分析不同族群觀察此議題的切入角度有何差異？

延伸閱讀

1. 顏擇雅：《向康德學請客吃飯》，臺北市：印刻文化，二〇一六年。
2. 顏擇雅：《最低的水果摘完以後》，臺北市：天下雜誌，二〇一八年。

Note

國家圖書館出版品預行編目(CIP)資料

大學國文 1，探索.跨域／蔡忠道主編，蘇子敬、康世昌、陳靜琪、周西波、馮曉庭、陳政彥、楊徵祥、郭娟玉、曾金承、林宏達、周盈秀、許尤娜、鄭月梅合著. -- 五版. -- 臺北市：五南圖書出版股份有限公司，2024.09

面；　公分

ISBN 978-626-393-464-1(平裝)

1.國文科　2.讀本

836　　113008693

1X5M

大學國文 1：探索、跨域

主　　編 — 蔡忠道
編 著 者 — 蘇子敬、康世昌、陳靜琪、周西波、馮曉庭
陳政彥、楊徵祥、郭娟玉、曾金承、林宏達
周盈秀、許尤娜、鄭月梅
企劃主編 — 黃惠娟
責任編輯 — 魯曉玟
封面設計 — 韓衣非
出 版 者 — 五南圖書出版股份有限公司
發 行 人 — 楊榮川
總 經 理 — 楊士清
總 編 輯 — 楊秀麗
地　　址：106台北市大安區和平東路二段339號4樓
電　　話：(02)2705-5066　　傳　　真：(02)2706-6100
網　　址：https://www.wunan.com.tw
電子郵件：wunan@wunan.com.tw
劃撥帳號：01068953
戶　　名：五南圖書出版股份有限公司
法律顧問　林勝安律師
出版日期　2012年9月初版一刷（共二刷）
2013年9月二版一刷（共六刷）
2017年9月三版一刷（共二刷）
2018年8月四版一刷（共七刷）
2024年9月五版一刷
定　　價　新臺幣350元

經典永恆·名著常在

五十週年的獻禮——經典名著文庫

五南，五十年了，半個世紀，人生旅程的一大半，走過來了。
思索著，邁向百年的未來歷程，能為知識界、文化學術界作些什麼？
在速食文化的生態下，有什麼值得讓人雋永品味的？

歷代經典·當今名著，經過時間的洗禮，千錘百鍊，流傳至今，光芒耀人；
不僅使我們能領悟前人的智慧，同時也增深加廣我們思考的深度與視野。
我們決心投入巨資，有計畫的系統梳選，成立「經典名著文庫」，
希望收入古今中外思想性的、充滿睿智與獨見的經典、名著。
這是一項理想性的、永續性的巨大出版工程。
不在意讀者的眾寡，只考慮它的學術價值，力求完整展現先哲思想的軌跡；
為知識界開啟一片智慧之窗，營造一座百花綻放的世界文明公園，
任君遨遊、取菁吸蜜、嘉惠學子！